LA SOUS-DÉVELOPPÉE

Quittant allégrement les utopies planifiées de La Havane, l'insatiable Daniela s'envole vers Paris, où son père, ambassadeur, compte bien lui faire jouer le rôle de la jeune fille modèle. Malheureusement pour lui, la «sous-développée» ne l'entend pas de cette oreille. Dès le décollage de son avion, elle croque le diamant que lui offre le baron Mauve, personnage mythique, audacieux pirate du ciel parisien, et gentleman-cambrioleur à ses heures. C'est en sa compagnie que, dans la ville gorgée de richesses, elle jouira de sa liberté nouvelle, perdra le peu qui reste de sa vertu, et goûtera aux fastes provocants du capitalisme fin de siècle.

ZOÉ VALDÉS

Née à La Havane en 1959, Zoé Valdés a travaillé plusieurs années à la délégation cubaine de l'UNESCO. Poétesse, romancière, scénariste de renommée internationale, elle a notamment publié en France *Le Néant quotidien* (Actes Sud, 1995 et Babel n° 251), *La Sous-Développée* (Actes Sud, 1996) et *La Douleur du dollar* (Actes Sud, 1997) qui a remporté un grand succès.

Paraît également chez Actes Sud : *Café Nostalgia* (octobre 1998).

DU MÊME AUTEUR

Sang bleu, Actes Sud, 1994.
Le Néant quotidien, Actes Sud, 1995.
La Rage des anges, Textuel, 1996.
"Conte havanais à dormir debout", in *L'Ombre de La Havane* (sous la dir. de Liliane Hasson), Autrement, 1997.
La Douleur du dollar, Actes Sud, 1997.

LA SOUS-DÉVELOPPÉE

Collection dirigée par Sabine Wespieser et Hubert Nyssen

Titre original :
La Hija del embajador

ISBN 2-7427-1892-3

Photographie de couverture :
tirée de la série "The Splendours of Havana's past"
© Robert Polidori

ZOÉ VALDÉS

LA SOUS-DÉVELOPPÉE

récit traduit de l'espagnol (Cuba)
par Alexandra Carrasco

BABEL

à Ricardo et à Luna, même loin, près de moi

Pas un moment de la journée
où je puisse m'éloigner de toi
tout semble différent
quand tu n'es pas près de moi.

Pas de belle mélodie
où tu ne surgisses pas
et je ne veux pas l'entendre
si tu ne l'entends pas.

Car tu es devenue
une part de mon âme
rien ne peut me consoler
quand tu n'es pas là.

Au-delà de tes lèvres, le soleil et les étoiles,
même loin, mon aimé, je suis près de toi.

CESAR PORTILLO DE LA LUZ,
Contigo en la distancia
(quasi-variation).

Jeune roi Toutânkhamon, mort à dix-neuf ans : laisse-moi te dire ces mots fous qu'on ne t'a peut-être jamais dits, laisse-moi te les dire dans la solitude de ma chambre d'hôtel, dans la froideur de ces murs partagés avec des étrangers, plus froids que les murs du tombeau que tu ne voulus partager avec personne. Je te les dis à toi, roi adolescent, resté à jamais de profil dans sa jeunesse immobile, dans sa grâce cristallisée... Arrêté dans ce geste qui interdisait de sacrifier des colombes innocentes, dans le temple du terrible Amon-Rê. Quand je m'en irai loin je continuerai à te voir ainsi, tenant tête aux prêtres soupçonneux, devant un fugace battement d'ailes blanches...

DULCE MARÍA LOYNAZ,
Lettre d'amour à Toutânkhamon.

Elle était très mûre pour son âge, car elle passait son temps à réfléchir, si bien qu'elle était une catastrophe ambulante. Alors que son amie voulait quitter le pays, elle voulait quitter le monde. C'était dangereux de faire les valises. Elle y laisserait des plumes, elle en était sûre. Et pourtant, ce soir-là, elle emballa ses affaires. Elle entassa pêle-mêle tout ce qu'elle possédait, sans oublier le bandage pour sa tête. La veille, une tuile lui avait ouvert le crâne. Elle avait saigné sous les trombes d'eau. On lui avait fait sept points de suture.

L'idée du sang pouvait faire d'elle une meurtrière en puissance. A force d'y penser, elle voyait des cadavres bouillonnants plongés dans une coupe vénitienne. C'était bizarre d'avoir l'esprit ouvert au sang. C'était la faute du destin : le rabâcher n'était pas une solution. Il ne s'agissait pas non plus de le provoquer, mais de savoir le déplacer à temps.

Le fouillis de sa chambre était le seul endroit où se posait le soleil. Comme elle aurait aimé recevoir un baiser et en avoir ras le bol de l'automne. La télévision était l'antre du progrès. Elle tournait de l'œil devant l'écran ; c'était une agression, un coup de massue dans le pancréas.

Les amis retournèrent à leurs secrets. Laissant derrière eux les quartiers et les tremblements de terre. Les ambulances. Elle aurait voulu être pilote d'avion, elle était devenue alcoolique au dernier degré. Etreintes meurtries et champagne éclaboussé sur les rideaux dorés. S'envoyer en l'air ou baiser entre deux portes la rendait facilement malade. Elle avait la nostalgie des endroits où elle était allée, où elle serait toujours. Où elle n'était pas. Elle ne vivait pas dans le présent. Elle sentait le passé de façon masculine et flairait l'avenir comme un éphèbe devant son maître de philosophie.

Elle dormait au bord des piscines lointaines. Pourquoi portait-elle un nom d'apocalypse ? Pourquoi était-elle la seule à entendre les coups de couteau des éventreurs ? Sur les terrasses, les satyres égorgeaient des poupées. Elle conspirait pour sauver ses amis. Les copains marchaient sur le fil poudreux des drogues.

Son visage cérémonieux, comme si elle souhaitait la bienvenue, donnait la nausée. Un klaxon encourageant accroché au sourire. Elle caressait la raideur comme le chacal des légendes de son enfance. Elle avait des crocs de chacal tout nu. Elle était l'aînée d'un frère sacrifié. Fille unique par œuvre du destin et du silence.

Chaque matin, elle refaisait ses valises, aux prises avec sa folle manie d'amonceler des papiers. Plus elle amassait de documents, plus elle semait le désordre dans ses souvenirs.

On ne va pas bien loin, de cette façon. On ne prend pas un taxi pour aller en Europe. Aucun doute là-dessus. Le passeport de la grand-mère irlandaise lui porterait chance, celui du grand-père chinois lui apprendrait la patience, celui du grand-père galicien lui sauverait peut-être un jour la vie ; sa grand-mère noire n'avait jamais eu de passeport. Elle ajouta un petit miroir pour retoucher son rouge à lèvres. Cette fois, la ville qu'on lui avait choisie était un asile de fous, mais elle aurait enfin de tout. Le tout ne lui avait jamais fait envie, elle préférait les parties. C'est-à-dire, le tout par petites bouchées, comme elle l'avait appris dès l'enfance, lors des premières approches sexuelles avec son cousin. Elle avait un accent hivernal, des problèmes de mémoire et des facilités pour les langues – ce qui est rare –, et chaque fois qu'elle défaisait ses bagages, elle attrapait une rage de dents. Elle n'avait rien à faire "maintenant". Pour passer le temps, elle lisait la liste des commandes habituelles : une paire de chaussures pour l'anniversaire de Vanessa, la petite-fille d'Ela la couturière, des brosses à dents, des savonnettes, des parfums Tati, des collants noirs, des stylos à encre bleue, du lait concentré, des culottes… Ah, le souvenir du cuir vernis et du taffetas !

Toujours les mêmes embrassades pour dire au revoir. Elle répétait la scène devant la glace. S'en aller, c'était tourner le coin de la rue. Etre à l'affût du moindre détail. Glisser millet et secrets dans le bec du canari. La fièvre l'avait fait éclater, et on avait enterré ses plumes quelques heures après son départ. Elle avait susurré à Sibilia, la chatte : "Sois fidèle." Elle l'avait été. Elle savait qu'à son retour ils seraient tous plus vieux, mais toujours fidèles. La fidélité était plus qu'un mot d'ordre.

Des manteaux archicrasseux et dix fois trop larges émergèrent des caisses poussiéreuses, scellées de toiles d'araignées. Elle rêvait d'un chapeau noir avec un voile sur les yeux. Elle en avait déniché un : elle trouvait toujours ce qu'elle voulait, même si plus tard elle finissait par le perdre. Elle avait la folie des voiles. Elle passa quelques coups de fil, histoire d'annoncer aux envieux que ceux qui désertent le mutisme ou le brouhaha des rues de l'enfance ne connaissaient ni la terreur ni l'oubli.

Son amie aussi fit ses valises. Elle avait trouvé le moyen de fuir pour ne pas être témoin de la fuite de Daniela. Elle racontait : elle avait grimpé l'escalier quatre à quatre, en pleurant comme une madeleine, elle avait ouvert le placard, farfouillé dans les coffres, volé quelques photos. Elle s'était mis du parfum *Ca d'Or* derrière les oreilles, elle avait passé du beurre de noix de coco sur ses lèvres. Elle avait pris quelques cachets pour la digestion, d'autres pour les nerfs. Comme toutes les paranoïaques, c'était une hypocondriaque endurcie.

Daniela avait des yeux clairs et un point faible : elle aimait écrire dans les cafés, chose impossible à La Havane car même s'il y avait des cafés, qui aurait pu avaler cette connerie de l'écriture ? Les cafés servaient à attendre quelqu'un. Entre elle et lui – lui, c'était le petit Cubain sans dollars –, il y avait un appétit virginal, un désir de corrompre l'ange de l'adolescence. On la bousculait avec maladresse. Quand se marieraient-ils ? On ne respectait pas son rythme. Elle se demandait à présent si elle aurait pu empêcher le cynisme de s'installer dans leur relation amoureuse.

Une fois de plus, les valises étaient prêtes. Ah non, elle oubliait les immortelles. Le taxi s'énervait.

Ses archives lui envoyèrent beaucoup de signaux. Des recherches menées par son hypothalamus. Elle n'aurait pas pu les qualifier de souvenirs. Le souvenir, c'était autre chose ; quand on est pressé on ne peut pas se souvenir. D'après elle, le souvenir était un éloignement infini, et c'était justement cette infinité qui le rendait si proche du présent, si influent et si tangible. Ce qu'elle avait reçu, c'était de simples tampons sur des enveloppes scellées à jamais. *Closed information* : la première communion, le premier jour d'école, la page de garde d'un livre, la première copine, le premier petit ami, le premier poème, le premier baiser, le premier orgasme – septième ciel sans pénétration –, le premier mensonge, les premières règles, la première mort, la première maladie, la première punition, la première trahison, le premier suçon, le premier cyclone, la première fête, la première taloche, la première capitulation, la première humiliation ou blessure, la première pierre… Et peut-être un jour le premier souvenir d'avoir reçu tant de premiers signaux travestis en regrets.

A l'aéroport, derrière une vitre qu'on appelait l'aquarium, son amie lui disait au revoir.

Pour la narguer, car elle partait à la campagne en tenue d'été. De l'autre côté, elle avait des habits d'hiver. L'hiver et l'été tordaient la bouche, elles avaient promis de ne pas pleurer. Elles remuaient les lèvres :

— Ne me trahis pas.

— Envoie-moi des fleurs.

— Et toi, des chocolats. Ne me parle pas de la neige. Ça ferait vulgaire.

— Mets le collier que je t'ai offert.

— Je ne supporte rien autour du cou, à part les morsures.

Elles ne diraient pas, on se reverra. Elles ne diraient pas, et si l'une mourait avant l'autre. Elles ne diraient pas, va voir la tombe de tel écrivain, pense aux copains quand tu écouteras tel disque, marie-toi, aie beaucoup d'enfants, j'attendrai tes lettres avec impatience. Elles ne diraient pas, le monde est petit, on se croisera peut-être, habille-toi à la mode comme les mannequins qui se respectent, regarde ce que je fais pour te faire souffrir, sois heureuse sans moi. Elles ne diraient rien de banal. La sonnerie retentit, leurs mains se rejoignirent, faisant fondre le verre. Elles venaient d'embrasser une photo. Elle s'éloigna. Ses yeux brillants trahissaient son envie de partir. D'en finir avec la mémoire.

Comme c'était arrivé une fois à la mer, l'air s'ouvrit. Ridicule, ce ciel fendu devant elle ! En taxi, on ne va pas bien loin. Surtout pas en Europe. Une lumière puissante s'alluma au milieu du kaléidoscope. Elle entendit des milliers de pas et de voix historiques. Des discours et des mouchoirs qu'on agitait. Elle sentit un petit tremblement au milieu de la cage thoracique, la douleur stupide de la joie. Elle laissait derrière elle la petite boîte à musique, la poupée de 1919 répertoriée dans des catalogues célèbres, les daguerréotypes de toutes ces chanteuses lyriques mieux servies en rondeurs qu'en voix. Des fétiches à la pelle ! En fin de compte, hélas, elle était une fois de plus dans le ciel. Des nuages tapageurs et antipathiques. Ce n'était pas le tonnerre mais des batailles. Napoléon à Waterloo ? Non, le Commandant à Girón. Ce n'étaient pas des rafales, mais des défaites transformées en victoires. Nous transformerons chaque revers en victoire. On peut toujours faire plus. Pour qui ? Pour le Viêt-nam. Et nous ferons de chaque minute une minute révolutionnaire. Faire plus avec moins. Le socialisme ou mourir, quel pléonasme ! Où étaient-ils, les personnages célestes, les messages de l'au-delà ? Elle avait un goût de métal dans la bouche. Même le souffle des druides n'était pas une consolation. Le métal l'envahissait tout entière. Ce n'était pas une lumière, mais un insecte, un héros. Merde, encore un héros !

Elle finit ce qu'on lui avait servi sur le plateau en plastique que quelqu'un – pas une bonne fée, mais une hôtesse, membre du parti communiste, car dans ce métier l'adhésion compte plus que la formation – lui avait tendu avec maladresse et dédain. Manquait plus que ça. Dans le ciel aussi il y avait des cafards. Elle confondait les petites cymbales qui vibraient dans les gorges et le miaulement aigu d'un pénis, ou plus exactement : pine, matraque, braquemart, engin, dard, queue, ou tout simplement gourdin. Mme l'Ambassadrice d'Allemagne l'ayant confondue à son tour s'écria – en allemand, bien sûr – à l'oreille du mari prétendument sourd :

— Tu sais qui est cette jeune fille ? La princesse Steph de Monaco ! J'avais entendu dire qu'elle voyageait incognito. Elle s'est teint les cheveux en blond et elle a grossi. Comme elle est mal habillée ! Dire qu'elle est styliste de vêtements en cuir et de maillots de bain ! Elle a dû se fagoter pour passer inaperçue. On dirait plus une rockeuse qu'une princesse. Il paraît qu'elle est mégalo.

Mme l'Ambassadrice d'Allemagne ne la quittait pas des yeux. Daniela avait des aigreurs d'estomac. C'était un long voyage aseptisé. Du faux oxygène. Un jour, elle avait eu des cafards allemands dans son réfrigérateur soviétique, des petits, clairs, increvables, qui vous empoisonnent l'existence et qui, un beau jour, émigrent Dieu sait où pour revenir frais comme des gardons, au moment où on s'y attend le moins. Cafards vaillants, transparents, tremblotants, qui vous barbouillent l'estomac et hantent votre palais.

Cet avion était réservé aux diplomates. Elle était fille d'ambassadeur d'un pays pauvre. L'œil avisé de l'attaché culturel anglais croyait reconnaître une sous-développée dotée d'une indéniable distinction. Cela ne la déprimait pas. Elle préférait se mettre en colère, ravaler d'un coup sec, dans le respect du protocole, le crachat furieux qu'elle destinait au visage anglo-saxon. Elle sortit son cahier et se mit à écrire fébrilement, rien à faire, ça l'excitait d'écrire le nom de cette ville. “Destination : Paris !” Elle avait laissé son amie derrière, dans les champs verdoyants. Et son fiancé, perdu dans la ville délavée. Ses parents l'attendaient toujours quelque part sur la planète, jamais à la maison, mais dans les aéroports.

Elle prit des cachets – du phénobarbital, du Valium, du Diazépan – avec une gorgée de rhum. Elle tomba raide sur son siège. Parce qu'elle avait besoin d'un sommeil sans rêves. Parce qu'elle aimait savourer le goût de la mort. Mais juste le savourer, bien entendu.

Elle avait laissé son fiancé derrière, un fiancé triste, amer… Elle avait laissé son amie derrière, tout aussi triste et amère. S'en aller vers le monde était une belle vacherie ! Pour tous, y compris pour elle-même. Alors qu'elle aurait dû s'en réjouir. Les voyageurs avaient toujours l'air content. L'étaient-ils vraiment ?

Elle rêva qu'elle était heureuse dans une forêt enchantée. A l'horizon, un olifant annonçait qu'il était grand temps de donner un but à sa vie. Dans le château, la Reine Mère lisait sans doute des documents politiques, tandis que le Roi somnolait en bavant sur sa couronne tombée sur sa bedaine. Un chasseur, au loin, la réveilla.

Il faisait nuit dans l'avion. Evidemment, elle se réveillait quand tout le monde dormait. C'était drôle de voir les pieds déformés de Mme l'Ambassadrice d'Allemagne sur les cuisses de son mari, son maquillage défait, son *tailleur** froissé, avec des taches de thé. C'était

* Les mots en italique suivis d'un astérisque sont en français dans le texte. *(N.d.T.)*

idiot de le remarquer, mais l'attaché culturel anglais se noyait dans les ronflements provoqués par l'air qui poussait son dentier vers sa luette.

Plongé dans l'obscurité, l'avion faisait peur. Elle se demandait si les passagers étaient tous morts, s'ils arriveraient un jour à destination ou s'ils resteraient à jamais comme des points dans l'espace. Un jeune homme distingué sortit des toilettes. Elle sentit qu'il s'arrêtait pour la regarder et qu'il lui souriait à contre-jour. Il s'approcha. Elle devina, dans le noir, une peau pâle et lisse. Elle en eut la confirmation quand il prit sa main entre les siennes et la baisa délicatement d'un souffle. Non, ce n'était pas un diplomate. Elle retenait ses doigts. Et si elle était en train de rêver ? S'il était aussi un de ces fantômes qui raffolent des discours ?

— *Je suis un voleur. Enchanté, mademoiselle**.

Il se présentait comme un voleur, mais que pouvait-on voler dans un avion ? Pourtant, ce n'est pas la question qu'elle lui posa.

— *Etes-vous français* ?*

— *Oui. Mademoiselle*... ?*

— Daniela.

— *Très ambigu, votre prénom**. Je préfère vous parler en espagnol. J'ai reconnu votre accent. J'aime cette langue et je n'ai pas souvent l'occasion de la pratiquer. Vous permettez ? dit-il en prenant place dans le fauteuil vide à côté d'elle.

— Je dois mon prénom à mon père. Il souhaitait ardemment un garçon. Il voulait la paire, mais en commençant par le garçon. On est arrivés dans l'ordre inverse. Le comble, c'est que mon frère est mort. Et vous, comment vous appelez-vous ?

— Je suis désolé pour votre frère..., dit-il pas du tout désolé.

— Ma première mort ! répondit-elle en balayant d'un geste le sujet.

— Moi, j'ai plusieurs prénoms... Je vais te donner le choix : Jean, comme presque tous les Français ; Michel, rien d'original ; François, un prénom aguerri ; Henry, en souvenir du roi ; Louis, par inertie ; Jacques, à cause du pèlerinage et de Brel ; Sylvain, à cause d'un chat ; Victor, à cause d'un roman ; Philippe, parce que c'était à la mode ; Patrick, parce qu'il désignait un type de caractère d'après ma mère ; Bernard, parce que mon père trouvait cela respectable ; Didier, un prénom gaillard d'après le médecin ; Cyrano, littéraire d'après mon oncle ; mais ma tante a rajouté Arthur. Ma grand-mère a préféré Charles, à cause de

Baudelaire. Mon grand-père s'est écrié : “Marcel !” “Paul”, a murmuré ma nourrice. “Claude”, a supplié le portraitiste de la famille. Ma sœur a prononcé le premier prénom qui lui est passé par la tête : Gustav-Amadeus, à cause de Mahler et de Mozart. Bref, je pourrais continuer indéfiniment… Serge, Joseph, Valentin, Auguste… Moi, j'ai décidé de m'appeler Maurice.

— Tu aurais pu commencer par là… Maurice. Et pourquoi celui-là ?

— C'est le seul prénom auquel personne n'avait pensé. Tu as les yeux de quelle couleur ?

— Verts. Et toi ?

— Bleus. Ça donne du mauve.

— Tu ne connais rien aux couleurs, Maurice.

— On se tutoie ?

— Dans le néant, c'est permis.

Elle regarda à travers le hublot. Noir et désert, à part l'étoile qui suit les voyageurs. Pendant ce temps, il fouilla dans sa poche et en sortit quelque chose. Une étoile ? Une larme ?

— Regarde, c'est un diamant, d'une pureté incomparable. Je viens de le voler. Je te l'offre.

— Non, Maurice. Je ne peux pas accepter un cadeau de quelqu'un dont je viens juste de faire la connaissance, encore moins s'il s'agit d'un objet volé. Rends-le.

— Non, je l'ai volé pour toi.

— Je t'en prie, fiche-moi la paix. Je voudrais me reposer.

Il plaça le diamant contre sa joue. La pierre éclaira son visage.

— *Dommage* !* Vous vous mettez mutuellement en valeur, la pierre et toi.

— Fais pas chier, tire-toi !

Il éclata de rire.

— Quel langage pour une fille *d'Ambassadeur** !

La bonne fée. Non, l'hôtesse adhérente du Pécé tira le rideau. Somnolente, elle esquissa un petit sourire aimable, mais quand même un peu forcé. Un problème ? Maurice claqua dans ses mains.

— Du vin rosé pour mademoiselle.

Mademoiselle serra les paupières. Elle allait dormir, elle devait dormir. C'était le seul moyen de se débarrasser de ce fou. Silence. Elle rouvrit les yeux. Maurice avait disparu. Sur la couverture, exhibant ses cinquante-huit carats fulgurants, le diamant accusait. En voyant approcher l'hôtesse avec le vin rosé sur un plateau, elle le fourra rapidement dans sa bouche.

— Déguste-le, ma petite chérie. On s'en lécherait les babines.

Maurice parti, l'hôtesse avait laissé son air distingué pour reprendre le style ringard des membres du Pécé. Daniela ne savait pas si elle parlait du vin ou de l'homme.

Daniela le goûta délicatement, mais le liquide d'une grisante douceur anesthésia ses papilles gustatives. Détendue, passionnée du palais, elle savoura avant d'aspirer une bouffée d'air. Rien de plus délectable, après un grand vin, que de laisser la langue jouer avec la froideur de la nuit. L'hôtesse parut ravie de l'avoir ravie, ce qui était plutôt rare chez les membres du Pécé, puis elle disparut derrière le rideau crasseux. De nouveau Daniela porta le verre à ses lèvres. Elle mâcha, explora les gencives, prit le sac en papier et essaya de vomir. Elle avait avalé le diamant. Un diamant volé. Voilà qu'elle serait obligée d'expulser une pierre précieuse.

Ah, les hommes, encore eux, avec leurs façons d'offrir des cadeaux biscornus pour ensuite se défiler. “Je vais oublier”, se dit Daniela, puis elle abaissa le store. Celui qui la coupait de la réalité.

Le vol était long. Elle entendit encore les sempiternelles harangues des personnages historiques. Le vol était aussi long que le ruisseau de sang d'une colombe morte. Un jour, elle avait décapité une colombe d'un coup de pierre. La touffe de plumes resta debout, chancelante, un geyser noir et brillant jaillit du trou béant.

Une femme entièrement vêtue de blanc, parée d'un tas de colliers, surgit alors ; elle prit ce corps vibrant par les ailes et but comme on boit le vin en Galice. Son gosier ne cessait de monter et descendre. Le liquide débordait le long du cou, des seins, des vêtements blancs. La femme s'effondra, blessée de pourpre, souriante. Des caillots étaient collés à ses lèvres, ses dents étaient comme tachées de chocolat. Son regard vitreux fit tressaillir Daniela. Puis la femme murmura, les yeux révulsés : "Un jour, tu écriras un poème intitulé *Mercedes*, comme moi." Le bonheur de cette morte la fit frémir. Un peu plus tard, dans une course folle, un chien accourut en hurlant. Il lécha tout le sang sur le visage de sa maîtresse, continua sur le reste du corps, écarta les cuisses d'un coup de museau et lécha aussi le liquide sombre qui s'écoulait. Le chien mourut quelques heures plus tard, d'une profonde tristesse. Il avait tant hurlé qu'une veine vitale s'était rompue quelque part, et le sang avait giclé par les oreilles. Le soleil sécha le corps de l'animal. Un ruisseau rutilant atteignit ses sandales de fillette. Elle se baissa pour plonger un doigt dans la mare et le porter à la langue, on aurait dit du bouillon. Son frère arriva et s'assit sur la balançoire, demandant à Daniela de le pousser. Daniela eut peur, car elle pressentit la mort de son frère. Il lui demanda de le pousser plus fort, elle n'avait donc pas de force ? Elle poussa, et il continua de réclamer comme un hystérique : plus fort ! plus fort ! Les chaînes se brisèrent, la balançoire et le frère tombèrent dans le vide. Il y eut un cri interminable, elle dégringola les escaliers et courut jusqu'à la rue. La mort d'une colombe est infinie. Elle était descendue en tremblant, le cœur battant à tout rompre. Quand elle arriva en bas, on avait déjà emmené son frère, il ne restait qu'une flaque de sang et la marque du cerveau. Elle s'accroupit et regarda sa culotte. Une auréole rouge vif s'étendait peu à peu, lui trempait les cuisses et les fesses. Elle fila à l'intérieur de l'immeuble, croisa le chauffeur asturien dans le couloir et retroussa sa jupe pour lui montrer qu'elle avait assassiné un oiseau, une magicienne, un chien et son frère. Il fallut mettre l'homme à la retraite, paralysé de tout le côté droit du corps. Il mourut quelques mois plus tard. Le sang avait rattrapé le sang. Le vol était aussi long que de jeter une pierre à une colombe.

A l'aéroport d'Orly, elle fut d'abord accueillie par un flot d'Arabes, puis, collé à la vitre, par le couple insondable à qui elle devait l'existence. Elle, élégante et nerveuse. Lui, ailleurs, dans une autre galaxie. Un bouquet de tulipes à la main, il consultait sa montre sans arrêt. Ils ne la repérèrent pas tout de suite, elle attirait pourtant l'attention, franchement, elle ne passait pas inaperçue.

Une fois de plus, les retrouvailles, comme si c'étaient toujours les mêmes. Les indications sur le déroulement de ses études, le problème du salaire insuffisant, des horaires pour se voir. La remarque lâchée dans un souffle : "Ici, c'est un autre pays." Sur le tapis roulant, elle osa enfin les interrompre :

— Papa, j'ai avalé un diamant volé.

— Je t'en prie, Daniela. Epargne ce genre de délires à ton père, coupa la mère, soucieuse de son rôle de diplomate-épouse-accompagnatrice. Ce pays est très complexe, sur le plan politique.

Daniela se tut. Elle remercia d'un petit sourire entendu pour l'encombrant bouquet de tulipes. Elle frotta sa joue contre les poils drus de la barbe paternelle. Pour ne pas faire de jaloux, elle enlaça la taille comprimée de la Maternité Diplomatique.

— Ici, tu ne pourras pas t'habiller comme à Londres. Tu me feras le plaisir de retirer ton déguisement à la Boy George. Pas de boule à zéro ni de mèches jusqu'au menton. Oublie les manteaux noirs troués, les accoutrements de punk et les boîtes de nuit…

— Maman, tu sais très bien que je n'y ai jamais mis les pieds. Ces écrans de télé me rendent malade, je tombe dans les pommes.

— Ça ne t'a pas passé, ces bêtises ? Allons-y, voilà les valises… Laquelle est la tienne ? La plus moche et la plus sale, je parie.

— Gagné ! dit-elle, conciliante.

Son père était toujours sur la planète Mars. Grand, les bras croisés, il contemplait ses mocassins Minelli impeccablement cirés. Même s'ils se fournissaient en promotion chez Ed l'épicier – un luxe comparé au carnet de rationnement –, ils devaient s'habiller en ce qu'ils étaient : des diplomates. Il fallait montrer de la classe. Dehors, bien sûr, il pleuvait parisiennement.

C'était la troisième fois que Daniela venait dans cette ville. Les fois précédentes, elle n'avait fait que passer, une escale vers d'autres pays. A présent, elle devait y rester cinq ans. Peut-être plus, qui sait. Le monde était si minuscule qu'elle avait l'impression de graviter sur le ventre d'une fourmi. Près de sa valise avançait une reluisante mallette en peau d'agneau. L'odeur du cuir la rendait folle. En hiver, quand elle entrait dans les cafés européens, l'odeur du cuir suspendu aux portemanteaux lui rappelait la première fois qu'elle avait embrassé, dans un ascenseur, l'ennemi politique de son père : l'ambassadeur américain qui cocufiait sa femme avec la fille de son ennemi, le père de Daniela, l'ambassadeur cubain, pendant que sa propre mère cocufiait son père avec le fils de son ennemi, c'est-à-dire avec l'ennemi. Ainsi s'écoulaient le foutre et l'information. La désinformation, devrait-on dire. Le jour du baiser dans l'ascenseur, l'ennemi – amant et ambassadeur – portait un blouson noir. Il la serra dans ses bras costauds de Yankee, enrobés de cuir qui sentait encore l'usine. Comme si elle s'était masturbée sur le canapé de l'ambassade. L'ascenseur s'ouvrit justement à l'étage où son père attendait. Par chance, il était si distrait qu'il ne reconnut pas sa fille. Il dit bonjour poliment. En tant que plénipotentiaire, rien ne le préparait à une telle situation. Immunisé contre toute forme de surprise, à l'étage suivant il dit donc au revoir avec sa courtoisie habituelle, et il sortit sans même glisser un regard sur la partenaire de son rival.

Une main gantée de blanc empoigna la mallette, frôlant le bras de sa mère.

— Excusez-moi, *madame**. Vous permettez ?

L'autre main recouverte d'un gant impeccable

s'empara de la valise invertébrée de Daniela. Son père revint sur terre et s'empressa d'en délester l'inconnu.

— Excusez-moi, monsieur. Mon patron m'a envoyé chercher les bagages de mademoiselle.

— Il doit y avoir erreur, dit *M.** l'Ambassadeur en lui emboîtant le pas.

La mère, derrière, flairant un piège, demandait à sa fille :

— Qu'est-ce que tu as encore fabriqué ? Avec qui tu étais dans l'avion ? Tu sais qu'on peut fourrer de la drogue dans nos bagages pour mieux déclencher un scandale ? Je vois d'ici les titres des journaux : "Un réseau de Cubains toxicomanes, etc." Mets-toi dans la tête que nous sommes ici en mission, nous devons hisser très haut le nom de la patrie, le plus haut possible !

— Gare à la chute ! Humm… Maman, j'allais justement vous dire que j'ai avalé une pierre volée quand tu m'as coupé la parole…

— Encore ! J'en ai assez de tes cauchemars, de tes histoires d'évanouissements, de télévisions, et de pierres avalées ! Ça suffit ! Comment va-t-on se sortir de ce pétrin ?

Le chauffeur porta la valise moribonde jusqu'à la Peugeot de l'illustre couple et fit une révérence monarchico-militaire. Il accrocha du regard les yeux démesurés de Daniela et les attira vers une limousine blanche aux vitres infranchissables qui attendait un peu plus loin.

Elle répondit en crachant son chewing-gum sur le côté. La petite boule rose atterrit sur l'extrémité du mocassin gauche marque Minelli de Son Excellence le Père. Lundi, il arriverait au bureau avec un chewing-gum collé sur sa chaussure, et tout le monde saurait que Daniela était enfin arrivée par l'avion de samedi.

L'appartement se trouvait avenue Rapp, à deux pas du Champ-de-Mars où chaque matin le père allait faire semblant de courir, où la mère sortait les molosses pour le premier pipi de la journée. Quelques rues plus loin s'étendait l'esplanade des Invalides. Daniela écarquillait les yeux, c'était inévitable, elle vivrait dans le quartier d'Antoine de Saint-Exupéry, près de la tombe de Napoléon, du musée Rodin, de la rue de Varennes, de la Cinémathèque française, du musée de l'Homme, de la Seine, de la tour Eiffel ! Elle était si éblouie qu'elle ne remarqua même pas la décoration de l'appartement.

Elle n'examina que sa chambre : un lit à une place flanqué de deux tables de nuit, une armoire en bois de qualité, un bureau, des bibliothèques, des tableaux acceptables. Les meubles venaient de chez Habitat et les lampes, imitation Art déco, du marché aux puces. Rideaux beiges à dentelles, murs beiges. Elle était contente. Et inquiète aussi, car tout cela, c'était Liborio*, le peuple combattant, son amie et son tringleur fauché qui le payaient… Derrière, dans cette ville entourée par la mer, dans son pays, étaient restés les daguerréotypes, la poupée de 1919 répertoriée dans les catalogues, son amie en tenue d'été et le fiancé pour qui l'argent n'était pas une tragédie, le tringleur folklorique qui lui donnait la bonne conscience de baiser cubain et non pas étranger. Autant de prétextes pour s'obliger à penser aux racines et à nourrir des arrière-pensées de retour. Cette identité qui ne cessait de vous tirer dans les pattes à boulets rouges.

Sa mère posa une enveloppe blanche sur son matelas. Pas de doute : elle contenait de l'argent.

Elle se mit à trembler, l'argent la pétrifiait, la mettait de mauvaise humeur, l'argent lui retournait l'estomac. Elle se sentait bizarre. Elle avait envie de vomir. Un jour, elle avait

* Personnage né avant la révolution de 1959 qui, dans l'imagerie populaire, représente le paysan, le travailleur exploité. *(N.d.T.)*

essayé d'arrêter la boisson, personne ne l'avait su. Elle ne voulait pas tripoter des billets, les pièces de monnaie salissaient, transmettaient des maladies incurables. Elle était aussi maniaque que son grand Maître. Le Maître incontournable quand la solitude était un examen sans rattrapage. Connaître la solitude à l'âge de dix ans entraînait tôt ou tard l'apparition d'un Maître : celui qui vous marque pour l'éternité. Les gens confondaient cet état de mélancolie avec l'angoisse d'entrer à l'université. Elle avait fréquenté quelques-unes des plus grandes universités du monde : Oxford, la Complutense de Madrid, Hambourg, Copenhague… Dans diverses disciplines : droit, philosophie, histoire de l'art, philologie… Elle n'avait jamais rien terminé, faute d'argent, la malédiction liée à l'argent était de ne pas en avoir, de le dépenser. Un jour, elle avait rencontré une jeune fille qui haïssait l'argent comme elle, c'était la maîtresse d'un collègue de son père.

— Dany ! Dany ! cria la Matriarcale.

Elle ne répondit pas, elle avait horreur qu'on rabote son prénom.

— Daniela ! Tu fais semblant d'être sourde ou quoi ? Si tu ne te dépêches pas, les *boutiques** vont fermer (elle faisait référence aux magasins Tati), et demain tu dois venir avec nous à un déjeuner. Venir élégamment vêtue, j'ai bien dit "élégamment" !

Il n'y avait pas d'échappatoire. Elle prit l'enveloppe blanche en pestant. Elle sortit de sa chambre sans bruit. Elle décrocha son manteau – elle avait vu ce geste dans tant de films ! – et d'un claquement de porte se libéra du cordon ombilical. L'ascenseur sentait le jasmin. Avant d'atteindre la sortie principale, elle dut presser plusieurs boutons, suivre les instructions discrètes de plusieurs *tirez** et franchir de nombreuses portes munies d'alarmes agaçantes et ultrasophistiquées. Derrière la vitre de la loge de la gardienne, un doberman statique la mordait des yeux, elle eut si peur qu'elle sécréta un torrent d'hormones.

Elle avait commencé son cinéma en décrochant son manteau. Quand un Cubain met les pieds à l'étranger, il cesse de vivre et commence à jouer. Voyager, c'est comme débarquer à Hollywood. Dans la rue, elle tournait des premiers plans, souriait d'un air distrait, marchait plus vite, d'un pas souple et dégagé, comme les rockeurs qu'elle avait vus dans les vidéoclips. Elle fredonna même un petit air à la mode et ébouriffa ses cheveux. Elle achèterait du gel, ce serait son premier achat. Un four s'interposa sur son chemin, au milieu du trottoir. Les chauds effluves du poulet *grillé** arrêtèrent l'air hivernal qui s'insinuait dans ses narines. L'odeur de nourriture alliée au froid cinglant lui donnait une sensation de liberté. Elle se colla au four, ravie à la pensée de mélanger les odeurs de cuisine au parfum de luxe de ses vêtements. Avenue Bosquet, elle marcha comme Dominique Sanda, grande, peu maquillée, en direction du métro Ecole-Militaire. Aussitôt après les poulets rôtis qui faisaient saliver le passant, elle eut une autre tentation. Cette ville était la capitale des divines tentations, c'est pourquoi on y trouvait tant d'églises et de cathédrales : après avoir succombé, on passait devant le vitrail droit de Notre-Dame, on expiait aussitôt toutes ses fautes, et en avant pour le péché suivant ! Nouvelle sollicitation : une pâtisserie.

— *Bonjour* !* chantonna la pâtissière avec un accent à la Arletty.

— *Bonjour* !* Je voudrais cent francs de gâteaux, s'il vous plaît. Ce que vous avez de mieux. Je vous laisse choisir, dit Daniela avec un accent théâtral du Midi.

Sans s'étonner, la femme fourra dans une boîte conçue pour la gourmandise tout un assortiment de meringues, de chocolats, de crèmes, de fraises, de gâteaux : *pain aux fraises, pain* *au chocolat, millefeuilles, soupes anglaises, tartes aux pommes, et tout, et tout**… Daniela s'apprêtait à payer, mais non, elle oubliait quelque chose ! Son gâteau préféré !

— Ajoutez dix *tartes au citron**, s'il vous plaît.

Elle raffolait des tartes au citron. Il suffisait qu'elle mange une bouchée de ce gâteau pour s'imaginer qu'elle piquait Chopin à George Sand.

Deux cents francs de pâtisseries françaises qui faisaient grossir. C'est le côté tragique de l'argent : il déforme. Et si elle avait prévu d'acheter cent francs d'un produit quelconque, elle savait qu'à l'arrivée la note serait au moins de cent vingt ou cent trente francs. Elle sortit, laissa passer son complexe tiers-mondiste – oui, tu gaspilles ton argent en cochonneries pendant qu'à Cuba les gens gaspillent leur vie –, dénoua le ruban rose et se dirigea vers une cabine téléphonique en s'empiffrant de tartes au citron, de pains aux fraises, de gâteaux au chocolat et à la crème Chantilly…

Elle piochait un peu de tout, combinait saveurs et souvenirs. Sans cesser de manger, elle sortit son carnet d'adresses et composa un numéro. Elle composait toujours des numéros dangereux.

— *Allô**, dit une voix à l'autre bout du fil.

— Marcela, c'est Daniela.

— *Mais c'est pas vrai, c'est pas vrai* !*

On avait l'impression que Marcela ne croyait jamais rien.

— Bien sûr que c'est vrai, bêtasse ! Si je te parle, c'est que c'est vrai ! Je t'attends dans une demi-heure aux Galeries Lafayette.

— Rayon lingerie ou parfumerie ?

— Lingerie.

— *D'accord, ma chère, à tout de suite**.

Mais l'instant d'après, Marcela prenait tout pour argent comptant. C'était clair comme de l'eau de roche : Daniela était de retour à Paris. Ce que Daniela trouvait extravagant semblait tout à fait normal aux yeux de Marcela, pour qui les surprises étaient monnaie courante. La France était le pays des surprises et des vacances, ils avaient plus de ponts dans une année que de saints à fêter.

Marcela était photographe. Mais auparavant, il y avait très longtemps, Marcela avait été interne à Cojimar où elle faisait des études d'éducation physique. Un samedi matin, elle partit en congé plus tôt que d'habitude ; un attroupement de cannibales l'attendait dans sa rue. Ils avaient accroché des pancartes sur les murs et les fenêtres de chez elle : "File de là, racaille, *gusana**, traîtresse !", et tous ces qualificatifs que l'on entend dans la bouche du "peuple vaillant et combattant". Elle se fit agresser. Marcela avait alors dix-neuf ans. On lui griffa le visage, on la fouetta avec un drapeau arborant la faucille et le marteau. Marcela se réfugia chez elle en passant par la fenêtre. Les cannibales grondèrent encore plus fort : "Cette maison n'est plus à toi, on va te l'enlever !" La maison était déserte. Maman, papa ! Une lettre l'attendait sur la table, coincée sous le vase. Beaucoup d'amour, désolés mais il n'y avait pas d'autre solution : "Marcela, ma fille, nous sommes partis, en passant par Mariel**." Elle ouvrit la porte en toute confiance, les lèvres aussi blanches que la chaux des murs du jardin. Elle brandissait la lettre dans sa main droite et demandait des explications, quelqu'un devait déchiffrer ce message, ils auraient peut-être pitié. Elle reçut une tomate en plein cou, une boîte d'œufs dans la poitrine, et quand elle tourna les talons, réalisant sa stupidité, elle reçut une pierre sous l'omoplate. On la chassait

* A Cuba, on appelle *gusanos* (vers de terre) ceux qui ont "trahi la révolution", notamment en partant aux Etats-Unis. *(N.d.T.)*
** Port rendu célèbre par les *balseros* qui ont commencé à prendre la mer à partir des années soixante. *(N.d.T.)*

de la vie. Un an plus tard, elle se maria avec un Français sénile, dans le seul but de retrouver ses parents et de comprendre ce qui leur avait pris, pourquoi ils l'avaient abandonnée. Ils avaient divorcé. Le père était veilleur de nuit dans un parking de Miami, il portait une arme. La mère était femme de ménage à l'aéroport. Marcela chassa le passé. Elle décida de quitter le vieux Gaulois, comme elle l'appelait, et partit semer et récolter le maïs du côté de Narbonne. Avec l'argent qu'elle gagnait en gardant des enfants, Marcela acheta un appareil photo chez un brocanteur. Elle connut la faim, le froid, les rages de dents. Elle ne pleurait plus jamais, mais quand elle se retrouvait seule, vraiment très seule, elle avait encore mal à l'endroit où elle avait reçu la pierre, elle se frottait le cou, furieuse, pour enlever les petites graines de tomate qui lui taraudaient la mémoire. Marcela voulut retourner à Cojimar, rendre visite aux rares amis qui lui restaient, ceux qui ne s'étaient pas encore lancés à la mer. Auparavant, elle se rendit dans la boutique réservée aux diplomates de la 70e Rue, acheta un cageot de tomates et une boîte d'œufs. Elle se présenta au domicile de la présidente du CDR*. Celle-ci se jeta

* Comité de défense de la révolution. *(N.d.T.)*

hypocritement dans ses bras et la couvrit de baisers, tout sucre et tout miel, et elle s'empara du cageot rempli de tomates et d'œufs de poule.

— Tiens ! salope…

Marcela n'avait pas oublié une seule insulte. Elle la transperça du regard :

— Tu m'avais bien lancé des tomates et des œufs ? Maintenant que tu en as besoin, je te les rends, ils ont été achetés en dollars, c'est tout ce que tu mérites… Tu disais bien : “File de là, racaille” ? La voilà, la racaille, grâce à elle tu auras de quoi manger pendant quelques jours.

La ringarde officielle répondit comme si elle n'était pas dans le coup.

— Mais, ma chérie, qu'est-ce que tu racontes ? Je ne t'ai jamais dit : “File de là, racaille !” Jamais de la vie, tu as mal entendu, je disais : “File les dollars, ma caille.” Tu vois, c'est presque pareil.

Irrécupérable ! Marcela la planta là… Quelques jours plus tard, elle quitta ce pays de malheur. Elle était déjà une photographe consacrée quand un jour elle se rendit à Londres pour photographier les tableaux d'une exposition de peinture. Elle y surprit une conversation en cubain :

— Dis donc, p'pa ? Ça fait un bail que je vous ai pas vus.

— Daniela, je t'en prie, ne parle pas comme ça à ton père, sermonnait sa mère.

Escortée d'un des innombrables chauffeurs, Daniela saluait ses parents qu'elle n'avait pas vus depuis des semaines. Marcela s'approcha sans hésiter. Elle ne gardait pas de rancune particulière, malgré tout ce qu'on lui avait fait. Elle toisa Daniela qui la toisa, elle aussi. Les Cubains s'examinent toujours d'un œil méfiant pour essayer de débusquer le mouchard. Elles s'adressèrent un sourire. Devinrent de grandes amies, associées, copines, frangines. A partir de ce jour-là, elles s'appelèrent d'un pays à l'autre, d'un monde à l'autre. Marcela n'envisageait pas un nouveau retour, mais elle n'était en fait jamais partie. Daniela n'était jamais restée longtemps au même endroit, elle ne connaissait pas la sensation du retour quelque part, puisqu'elle ignorait totalement d'où elle venait. Géographiquement parlant, elle avait toujours dû quitter tous les pays où elle avait vécu, sans avoir le droit à la nostalgie.

Daniela pénétra dans la chaleur sèche du métro, le ventre gonflé de farine. Elle appuya sur le bouton correspondant à sa destination et choisit sur le plan lumineux, en toute logique, le trajet le plus court. La rame siffla, elle enjamba le tourniquet et faillit déchirer son manteau.

Elle reprenait son film. La caméra, les spectateurs l'attendaient à un coin de rue. Un jeune homme monta dans le wagon et entonna son répertoire beatlérien. Quand il tendit son chapeau aux voyageurs, Daniela y mit trente francs. Il la regarda d'un air surpris. Elle se jeta à son cou, y plaqua des bisous sonores. Elle prit une tarte au citron et la fourra dans la bouche du chanteur. Elle arriva à la station Opéra ! Adieu, poète du métro !

Daniela n'était pas folle. Elle voulait vivre l'amour, l'aventure. Galeries Lafayette. Quel plafond, nom de Dieu ! Le pied absolu ! Elle flâna dans le magasin sans renoncer à ses séquences cinématographiques. Marcela, habillée tout en noir, caressait la soie des *dessous chic**. La lingerie la plus chère du monde. Si un jour Daniela décidait de coucher avec une fille, de brouter un minou, elle choisirait certainement Marcela. Elle était fine, douce, quand elle aimait, c'était pour la vie. Marcela pratiquait la fidélité dans la complicité. Elles s'étaient aimées au premier regard. Le coup de foudre. Mais elles aimaient trop les garçons, ce qui ne les empêchait pas de se tenir tout le temps la main, de s'écrire de longues lettres où elles citaient Séféris, Lorca, Cavafis et Pessõa.

— Daniela, tu ne sais pas à quel point je t'aime, lui avoua un jour Marcela. Je connais plein de gens, mais tu es ma seule amie, tu ne ressembles à personne d'autre.

Une cabine d'essayage ouverte devant elles, et l'instant d'après, Marcela apparut à moitié nue, en soutien-gorge noir, culotte noire à rubans rouges, le corps couvert de petites fanfreluches en soie. Elles sautèrent de joie, battirent des mains, s'embrassèrent et chantèrent des chansons inoubliables qu'elles connaissaient l'une et l'autre, récitèrent des bribes de poèmes. Daniela lança son manteau en l'air. Marcela sauta sur son amie, les jambes nouées autour de sa taille. Après les effusions, Marcela, comme si de rien n'était, se rhabilla pardessus la coûteuse lingerie en soie. Elle coupa les étiquettes antivol d'un coup de lame de rasoir, prit Daniela par la main, et les deux amies s'enfuirent à toutes jambes, emportant les mille francs de soie noire. Une fois dans le métro, Marcela réussit à enlever tout ce qu'elle avait volé sans montrer un millimètre de peau.

— Tiens, c'est mon cadeau de bienvenue. Je t'ai aussi acheté quelques bricoles, mais il fallait de l'aventure, du risque, sans quoi ça ne valait pas le coup.

— Je dois m'acheter des vêtements chic pour demain.

— Laisse tomber, je te donnerai des fringues. Allons au café existentialiste.

Dans le café en question – celui de Sartre et de Simone de Beauvoir, mais aussi celui d'autres écrivains –, Marcela salua une écrivain argentine, un professeur de la Sorbonne, deux galeristes et une ou deux célébrités. Daniela commanda un kir ; Marcela, un café bien serré. Marcela demanda d'abord des nouvelles de l'autre amie cubaine de Daniela, puis de son fiancé. Elle oublia de parler des palmiers et de la mer si bleue.

— Elle est en vacances à Viñales. Lui… je me demande pourquoi je sors avec lui.

— Je me suis trouvé un petit copain. Il me plaît vachement. Je vais te le présenter… C'est dingue, la vie. Tu te souviens qu'il y a un an, toi et moi, on s'était donné rendez-vous à Paris, à cet endroit même ? C'est moi qui en ai eu l'idée, et tu m'as répondu : "Pourquoi pas ?"

Daniela acquiesça tout en allumant une Philip Morris Bleu filtre. Philip ? Philipe ? Philippe ? Est-ce que ça prenait deux *p* à la fin ? Philipe ou Philippe, un des innombrables prénoms de… Comment, déjà ? Maurice !

— Marcela, il m'est arrivé une aventure idiote. Dans l'avion, j'ai avalé un diamant volé.

— Un diamant volé ? Ça ne serait pas celui du Capitole de La Havane, par hasard ? Il faut voir un médecin tout de suite, allons à l'Hôtel-Dieu, c'est à deux pas.

— Penses-tu ! Je n'ai même pas mal ! Mais le type qui me l'a offert était bizarre, il avait une longue liste de prénoms. Il s'est présenté comme un voleur, le plus naturellement du monde.

— Tu ne crois quand même pas que c'est la CIA qui te l'a envoyé ?

— Moi non, mais ma mère doit le penser.

— Daniela, réveille-toi… (Marcela la secoua doucement.) Si ce que tu dis est vrai, tu ne devrais te soucier que d'une chose : tu as un paquet d'argent dans le ventre, un point c'est tout. *Mon Dieu* !* J'avais entendu parler de diamants sur les tétons, dans le nombril, et même sur le clitoris, mais dans les intestins… *jamais**, absolument jamais !

Quand un homme regardait une femme de cette façon, il n'y avait pas le choix : il fallait qu'ils couchent ensemble. Il frappa dans ses mains pour commander du champagne au serveur. Il avait une voix rauque, de métal italien. Daniela se tourna vers sa table par hasard, car elle n'avait pas reconnu sa voix. Tout lui arrivait par hasard. Elle était résolument post-existentialiste, elle essayait de s'en convaincre pour chasser l'apparition. Il était là, sachant pertinemment où la trouver. Marcela se retourna. Marcela n'avait pas besoin qu'on lui fasse de dessin.

— Aïe, aïe, aïe ! J'ai l'impression qu'on est venu te réclamer le diamant.

— C'est lui, Marcela, c'est lui. Merde, qu'est-ce que je fais ?

— D'abord, arrête de trembler comme une feuille, va aux toilettes, enfonce-toi le doigt dans la gorge et vomis. Ensuite rince-le bien et dépose-le sur sa table. S'il est trop tard pour vomir, tu t'assois sur la cuvette, tu pousses en te massant les genoux, tu le chies et tu le laves encore mieux.

Le serveur apporta le champagne aux deux jeunes filles, on inaugurait un festival. Disons que c'était la *première** de son film, à Cannes. Marcela était son flash-back permanent et le voleur, son James Bond, son agent 007. Le serveur versa le breuvage mousseux en silence, puis il alla à la table de l'homme et remplit sa coupe. L'homme l'éleva pour porter un toast à

Daniela. Marcela, sans se retourner, brandit la sienne en même temps et prit la main de son amie pour l'obliger à trinquer !

— Ne sois pas grossière. Au moins, il a pris des risques en volant ce diamant.

Le serveur déposa la bouteille sur leur table.

— Il faut que je m'en aille.

— Non, non, pas maintenant.

— Je dois faire des photos. Demain je pars à Toulouse. Je rentre dans un mois. Je te laisse les clés de la mansarde. A bientôt, prends soin de toi, sois sage… Je t'aime, tu sais ce que cela représente pour moi de te revoir, c'est comme… comme si j'étais revenue dans cette sale petite île qui nous a niqué l'existence… Je reviens bientôt, on aura beaucoup de temps pour nous.

Elles s'embrassèrent. Daniela essayait de laisser flotter son regard dans le vague, mais l'autre était toujours là, ironique, calme, sûr de lui : le parfait voyeur.

— Amuse-toi, lui susurra Marcela, je te laisse en compagnie du prince charmant.

Avant de partir, son amie dit au revoir à l'homme d'un mouvement de tête. Il lui rendit son geste. Marcela sortit en traînant les talons de ses boots noires à bouts en métal argenté.

Simone de Beauvoir se serait bien amusée de la voir si timide et revêche. Il n'était pas si bel homme, en réalité ; pourtant, dès le premier instant elle l'avait trouvé beau. Il n'était pas tout jeune non plus, mais il lui faisait tourner le ciboulot. Elle se dit qu'il fallait agir de façon brutale. En finir avec ces petits jeux d'adolescents. C'était gros comme une maison, il n'était pas un homme pour elle, pas plus qu'elle n'était une femme pour lui. Elle se dit qu'elle allait prendre d'une main la boîte qui contenait encore pour vingt-neuf francs de gâteaux, de l'autre la bouteille de champagne, elle se planterait devant lui et lui dirait : "J'ai envie de baiser avec toi." Elle n'avait pas fini de réfléchir qu'elle était déjà plantée devant le voleur.

— Quelle affamée ! s'écria-t-il en inspectant le contenu de la boîte.

Daniela n'avait plus qu'à remettre au lendemain matin, le long de la Seine ou sur le Pont-Neuf récemment enveloppé par Christo, le moment de lui dire qu'elle voulait se l'envoyer. Le commentaire à propos de sa faim lui avait coupé tous ses effets.

— Je suis très gourmande, dit-elle.

— A mon avis, t'es plutôt une pauvre idiote qui tremble de désir.

Sa main glissa ensuite du cou de Daniela à son téton gauche. Il voulut l'embrasser.

— Non, mais qu'est-ce qui te prend ?

— Puis-je t'inviter à un tour en avion ?

— J'accepte n'importe quelle invitation, s'il n'est pas question de cambrioler.

Voilà l'énigme. Il caressa et baisa une nouvelle fois sa main. Voilà la putain d'énigme. Pourquoi elle, pourquoi lui ?

Elle recommençait ses bêtises. Jour d'ouverture de sa saison en tant que fille de diplomate à Paris, et elle faisait déjà des siennes. C'était sûrement un voleur très riche. La même limousine qu'à l'aéroport les attendait. Riche et voleur, ça allait souvent ensemble, d'après la carte astrologique du cordon ombilical, de sa voyante – ou assassine – de mère ! Musique française dans la radiocassette : Brel assurant que "quand elle dort, plus rien ne bouge", Barbara ripostant qu'"elle s'invente un pays où est le soleil". Paris, gris de pied en cap. Ensuite, la banlieue, une maison chic, des meubles recouverts de housses d'un blanc immaculé. Dans la cour, une avionnette. Avant de faire monter Daniela à bord, il lui offrit un petit bouquet de violettes.

L'avionnette était noire. Il était habillé en noir. Daniela aussi. Il cacha la moitié de son visage derrière un loup foncé, ses yeux bleus sourirent et s'attardèrent sur le bouquet de violettes. Un domestique masqua aussi le visage de Daniela. Ses yeux verts emplis de larmes contemplèrent les mains qui commençaient à s'activer sur un incompréhensible tableau multicolore. Excitée, elle posa une main sur la cuisse de son guide. Ils survolaient la *banlieue**, là où vivent les émigrés. Daniela prit conscience qu'elle n'était pas sur un tapis volant, que ce qu'il y avait en bas n'était pas une vue aérienne de carte postale, mais la vie d'une partie de la ville plongée dans la pénombre. Refroidie par cette pensée, elle retira sa main de la cuisse de l'homme. Il l'attira de nouveau vers son corps brûlant. La main de Daniela monta peu à peu, fit glisser la fermeture éclair, sortit un oiseau palpitant dans la gorge d'un ouragan. C'est ainsi qu'elle aimait s'exprimer à Paris. A La Havane, cette chose n'était qu'une grosse queue. Elle emprisonna l'oiseau. La réponse de celui-ci ressemblait plus à un coup de dard qu'à un frémissement. Ils survolèrent la bohème perdue, les lumières fluorescentes révélaient que les écrivains et les peintres d'antan avaient judicieusement payé leurs dettes en déménageant leur musique ailleurs. L'oiseau grossissait à vue d'œil. Daniela souffla sur un pétale de violette qui se posa sur le bec, puis sa langue, gonflée par la soif, percuta la tête de l'oiseau. Sa main à lui, gantée de chevreau, erra sur les fesses de Daniela, écarta les cuisses, palpa la fente, un doigt entra et sortit tandis que la tête de l'oiseau était léchée, tout son plumage enrobé. Il releva doucement la tête de Daniela. Ils survolaient l'Arc de Triomphe, les Champs-Elysées ! Cela ne dura que quelques secondes, mais Daniela put remarquer d'innombrables yeux cloués sur eux, semblables à des étoiles minuscules. Daniela était entre deux ciels. En haut, les étoiles comme les yeux de la nuit, à ses pieds, des yeux exorbités comme des étoiles interrogatrices. Quand on regardait les étoiles, on s'y reflétait peut-être. En bas régnait la terreur, là-haut une forme de paix non moins terrifiante. Il suffit qu'un avion passe au-dessus de nos têtes pour que se déclenche dans nos cerveaux une déclaration de guerre.

Cela dura à peine quelques secondes. Dans un jardin de violettes, l'oiseau pantelant atterrit sur son corps. Putain ! Merde ! Il n'avait pas mis de préservatif. Il dit qu'il n'en mettait jamais. Elle dit qu'elle redoutait les maladies. Elle lui demanda s'il collectionnait les partenaires. Il fit non de la tête – celle d'en haut –, tandis que celle d'en bas s'enfonçait dans le giron utérin.

— Mon Dieu ! C'est risqué. Je ne devrais pas le faire avec des étrangers dont je ne suis pas sûre.

Cette phrase en aurait fait débander plus d'un. Pas lui.

— Tu oublies que c'est toi l'étrangère.

Ce fut lent, sans heurts. Les Français étaient moins frénétiques que les Cubains pour baiser. Langue contre langue, tendres et immortels. Il poussa l'oiseau – l'engin – et celui-ci buta sur quelque chose de dur. Elle poussa un gémissement ridicule et un éclair blanc, brillant et flou, jaillit de ses lèvres, comme si elle crachait de la poussière de lune. Extrêmement surpris, réjoui et non moins excité, il s'enfonça encore. Même résultat : un gémissement suivi d'un vomissement galactique, un rai de lumière argentée qui se projetait sur Vénus. A chaque assaut, il en jaillissait un autre, à chaque coup de butoir des rayons nacrés traversaient l'obscurité céleste. L'oiseau – le morceau – gonflé de râles hérissa ses plumes et chanta pour la chair rouge et humide où luisait un diamant, incrusté dans l'orifice frémissant de l'utérus, telle une truffe fourrée dans une fine tranche de *foie gras**. L'écho du chant de l'oiseau se répercuta sur les cinquante-huit facettes de la pierre et Daniela devint d'une transparence fluorescente. Elle ressemblait à une actrice de Spielberg éclairant la nuit parisienne d'une chasteté incomparable. L'événement sema la pagaille rue Saint-Denis : cette nuit-là, les putains retrouvèrent leurs hymens de jeunes filles et tant que la lumière brilla il fallut s'accrocher pour les rompre. C'eût été tellement facile de dire : ils baisèrent et jouirent comme des mulets, mais la littérature, c'est souvent des chichis à la sauce catho.

Elle se réveilla à quatre heures du matin, dans une chambre qui n'était pas la sienne. Les murs étaient tapissés de photos. Sans doute l'appartement de Marcela. Avait-elle forcé à ce point sur le champagne ? Elle se rappelait l'avion, les étreintes du voleur. Et ensuite ? Près du réveil, elle trouva un petit mot où elle reconnut l'écriture déliée de Marcela, ses petites bulles enfantines à la place des points sur les *i*. Elle était partie à une heure du matin, et elle lui rappelait qu'elle rentrerait bientôt, au plus tard dans un mois, et que Daniela trouverait son équipement diplomatique dans la pièce voisine. Daniela en déduisit qu'elle avait atterri depuis peu, elle pensa même qu'elle avait été réveillée par le bruit de la serrure. Elle alluma la lampe de la chambre d'à côté. Des paquets provenant de magasins de luxe encombraient le lit. Marcela lui avait acheté des vêtements. Daniela posa l'argent qui lui restait sur le bureau et dessina sur l'enveloppe une petite fille qui remerciait d'un sourire. Elle s'empara des sacs, fouilla dans son manteau et trouva les deux jeux de clés : celui de chez elle et celui de l'appartement de son amie. Elle fit le tour de la mansarde dont les fenêtres de style gothique donnaient sur la Seine, quai des Grands-Augustins.

Il ne fallait pas compter sur le métro ni sur le bus à cette heure-là, et elle ne supportait pas les taxis. Elle préféra marcher. La limousine attendait, une vingtaine de mètres plus loin, la portière arrière ouverte. Daniela s'y engouffra, persuadée qu'il serait là, mais elle se retrouva seule sur la luxueuse banquette arrière. La porte se referma subitement. Elle essaya de forcer la vitre qui la séparait du conducteur, mais elle n'obtint aucune réponse. La portière ne se rouvrit que devant l'immeuble de l'avenue Rapp. Daniela sortit et le chauffeur, imperturbable, referma la portière. Le véhicule disparut au premier carrefour, s'enfonçant dans la nuit noire de la rive gauche.

Elle crut d'abord que ses parents n'étaient pas là. En réalité ils dormaient. Elle déposa intentionnellement les sacs dans l'entrée, pour que sa mère la laisse dormir, contente de voir qu'elle avait suivi ses conseils en achetant des vêtements chic. Daniela s'allongea sur son lit et se mit aussitôt à rêver que cet homme ne tomberait jamais amoureux d'elle. Dans son rêve, Marcela devenait cette amie qui était restée sous les palmiers de Viñales, pendant que cette dernière allait à Toulouse en TGV. Elle rêva qu'elle décrochait enfin un diplôme quelconque dans une université. Elle rêva que son fiancé sortait avec une autre fille et que ses parents l'attendaient sur un balcon de La Havane, qu'elle atterrissait en parachute sur des milliers d'yeux humains. Et que tous ceux qui l'aimaient et qui vivaient aux quatre coins du monde se retrouvaient dans un pays, celui "où est le soleil" que Barbara s'était inventé.

Elle entendit un chœur d'anges et une musique d'orgue. Des rires d'enfants et des grincements provenant d'un parc d'attractions. Quelle heure était-il ? Où était-elle ? Daniela ouvrit les paupières, remplaça la vieille armoire coloniale vermoulue par la somptueuse bibliothèque, voulut allumer sa lampe à droite alors qu'elle était à gauche, il n'y avait pas de réveil, ou alors elle ne le trouvait pas, le plateau de son bureau brillait comme un miroir. Où étaient ses papiers, ses lettres, son journal intime ? Elle chercha la fenêtre en face, mais elle avait déménagé sur un autre mur, dans un angle. Elle n'était manifestement pas dans sa chambre.

A travers les vitres, elle ne vit pas… Il n'y avait pas de mer ! Juste ciel, où était passée la mer ? L'air était chaud et sec, elle avait mal à la gorge, elle se sentait moite. Elle avait du foutre entre les cuisses, beaucoup de foutre, jusqu'aux fesses. Bon sang, ça lui revenait… Tout s'était passé si vite : l'avion, le voleur, Paris, ses parents, la nouvelle mission, Marcela, l'avionnette, Paris, le voleur, l'appartement de Marcela, la limousine, ses parents, la nouvelle mission…

— Onze heures du matin et elle dort encore ! Mais qu'est-ce qu'elle s'imagine, cette gamine ? Elle veut nous pousser à bout ! Elle est rentrée… Sais-tu au moins à quelle heure elle est rentrée ? Non, je me demande pourquoi tu le saurais, vu que tu te fiches de tout. A peine arrivée dans cette ville infernale, il faut déjà qu'elle nous colle la migraine ! Tu devrais… une fois dans ta vie tu devrais lui parler pour de bon, d'un ton ferme, la prendre entre quatre yeux et lui remettre les pendules à l'heure ! Heureusement qu'elle a fait de bons achats. Remarque, je me demande où elle a trouvé l'argent pour tous ces trucs Chanel, Dior, Yves Saint-Laurent, pour toute cette soie, ces cuirs Bally, il faudra vérifier. Tu ne dis rien ?

— On a annoncé aux infos qu'une avionnette mystérieuse avait survolé l'Arc de Triomphe hier soir, elle appartient à un certain baron *Mauve**. La consternation est générale. On parle aussi d'étranges réflecteurs. Les prostituées de Saint-Denis ont fichu un bordel monstre parce que, hier soir, elles ont saigné comme la première fois... *Mauve*, la couleur du remords.

— Tu vas t'occuper de ta fille, oui ou non ?

— Laisse-moi tranquille, je dois me tenir au courant de l'actualité. On se penchera sur le cas Daniela plus tard. Elle sait ce qu'elle fait, elle est intelligente.

— C'est ça ! Continue à croire au père Noël, espèce d'idiot, elle est peut-être impliquée dans l'histoire de l'avionnette et des putains ! Cela ne m'étonnerait pas, mon intuition de mère me dit que...

— Chuttt !

Il se pencha au-dessus de son lit, lui dégagea le front, épongea sa sueur. Il se redressa et alla éteindre le chauffage, disant qu'elle tomberait malade, que la chaleur était trop élevée pour une chambre aussi hermétiquement close. Il revint s'asseoir au bord du lit, le matelas s'affaissa du côté droit sous le poids de sa corpulence. Encore somnolente, elle se pendit à son cou et lui répéta plusieurs fois combien elle l'adorait, combien elle l'aimait, qu'ils n'avaient jamais le temps de se parler, elle aimait aussi sa mère, même si celle-ci l'exaspérait, elle les aimait tous les deux, elle ne supportait pas l'idée de les perdre, de les voir mourir. Il dit qu'elle sentait le sperme, il était jaloux, il la regarda d'un air méchant, pour l'intimider et lui tirer les vers du nez. Elle raconta des mensonges, un de plus à la liste interminable ne changeait pas grand-chose. En fin de compte, il se contentait de mensonges : elle était allée dans les magasins, les musées, au café, au cinéma. Le cinéma ne lui faisait pas le même effet que la télévision. Il ne lui donnait pas le tournis. Tout était si petit à la télé, les personnages se superposaient les uns aux autres, les voix s'entremêlaient, et elle finissait par s'évanouir. D'après lui, elle était hypermétrope. Les problèmes de vue, à cet âge-là, étaient effroyables. Au cinéma, à sa place quelqu'un avait oublié un portefeuille rempli d'une grosse liasse de coupures de cinq cents francs. Elle était allée à la Préfecture, elle avait tout rendu. *Les flics**… Qu'est-ce que c'était que ce langage de charretière ? Pardon, les policiers avaient été super-gentils. Ils avaient retrouvé la propriétaire du portefeuille, celle-ci s'était jetée dans ses bras et l'avait couverte de baisers pour la remercier. C'était seulement dans la rue qu'elle s'était aperçue que la femme avait glissé de l'argent dans sa poche. Elle était retournée à la Préfecture en courant, mais personne n'avait voulu accepter cet argent, personne n'avait vu la femme lui glisser une telle somme en douce. Elle était repartie, presque riche. Et comme sa mère lui avait demandé de s'acheter des vêtements chic, aussitôt dit, aussitôt fait. Sur le chemin du retour, elle avait flâné, rêvassé, dansé dans les parcs et les squares. C'était dangereux, elle le savait, mais l'émotion la submergeait. Allons, ce n'était pas grave, mais la prochaine fois, pas d'histoires avec la police, interdit de ramasser de l'argent dans les cinémas, plus question de rentrer si tard et… le téléphone, c'était pas pour les chiens, d'accord ?

— Mais papa, vous ne m'avez pas donné le numéro. (Daniela savait retourner la situation en éveillant sa culpabilité.)

Où avait-il la tête ? Pourtant il y avait pensé… De toute façon, ça sentait le sperme dans la chambre. Il n'avait pas tort, mais ce n'était pas ce qu'il croyait, pas du tout. Elle souffrait de migraines et elle avait enduit ses tempes d'une pommade très puissante, le dernier cri en matière de pommades, à base de sperme humain. Ah, je vois ! Elle avait la cervelle en compote ? Affirmatif. Est-ce qu'elle pouvait se reposer, être dispensée de cette invitation à déjeuner ? Sûrement pas, ce repas était spécialement organisé pour lui souhaiter la bienvenue. Elle ne pouvait pas se montrer si grossière envers l'ambassadeur anglais qui avait eu cette charmante idée. Se souvenait-elle, par hasard, de M. O'Keefe, à Londres ? Il était à présent ambassadeur d'Angleterre à Paris. Elle ne pouvait se dérober au déjeuner. C'était hors de question.

Le vert bouteille de son *tailleur** Chanel en laine vierge était assorti au noir du col en velours. Elle mit des escarpins en cuir verni, des collants noirs en dentelle, un papillon brodé en fil d'argent brillait à sa cheville droite. Deux perles noires ornaient ses lobes d'oreille. Chapeau vert assorti au tailleur, recouvert d'un voile noir à pois. Gants noirs en soie fine. Lingerie volée par Marcela, également en soie. Parfum au bouquet sec. Les cheveux simplement coiffés en arrière. Un léger maquillage d'hiver. Un manteau imitation renard. Marcela était écologiste et partageait avec Brigitte Bardot et Nastassja Kinski le sentiment d'être des rédemptrices enveloppées dans des fausses fourrures, *à l'aise** avec leur conscience. Bien qu'élégante, Daniela trépignait, elle ne savait pas bouger dans son nouveau look. Entre Boy George et Lady Diana, il y avait une putain de distance ! Un diamant lui tenait lieu de contraceptif, à condition qu'elle ne remue pas trop.

— Tu n'es plus la même, on a remplacé ma fille par une autre, je suis heureuse, dit la Reine Régente bien installée dans son carrosse, tout en enlevant un poil châtain sur les millions de poils roux du manteau de Daniela.

— Quand tu as enfilé ton manteau, tu ne devrais plus te coiffer. Souviens-toi qu'on ne doit pas se coiffer en public. Il faut toujours s'arranger dans la salle de bains. Où est ton sac ?

— Mon sac à dos ? demanda Daniela pour faire enrager sa mère.

— Comment ça, ton sac à dos ? Imbécile ! Tu n'as pas acheté de sac à main ?

Daniela sortit de sous son manteau un minuscule sac en cuir verni assorti aux chaussures. Soulagée, la Reine Régente poussa un soupir. Le Roi Père embrassa sa fille sur le nez. Daniela ne s'en étonna pas : il embrassait toujours sa fille à la manière des parents européens. Puis il renifla, écœuré par le parfum d'eucalyptus – Daniela suçait des pastilles Tic Tac – qui émanait des narines de sa fille.

C'était un dimanche. Paris n'était pas embouteillé. Porte de Clignancourt. La banlieue. Route nationale. Pancartes. Panneaux publicitaires : "1664, le plus grand plaisir qu'une bière puisse vous offrir." "Avec Benetton, tous sont amis" : une métisse brandissait le drapeau familier à l'étoile solitaire et serrait dans ses bras un blond couvert de taches de rousseur, qui tenait l'emblème américain. On les voyait en immense gros plan, un sourire fraternel aux lèvres. "La France pour tous." "M. Gainsbourg fait la tradition", disait une vieille affiche à moitié déchirée – il était rare de voir des affiches dans un tel état. "Eté. Printemps" : pour les grands magasins du Printemps, l'été avait déjà commencé en plein hiver. Toujours la nationale. Noms de localités évoquant des titres de livres du XIXe siècle, *petits villages** qui renvoyaient à la vieille *chanson française**.

— Mais on est en pleine campagne ! hurla la très urbaine Ambassadrice.

— J'avais oublié de te dire que c'était un déjeuner champêtre. Cela ne veut pas dire qu'on mourra de froid, nous serons bien à l'abri au coin du feu, à l'écart des bruits du monde…

— Tu aurais dû nous prévenir ! On sera la risée de tous, avec ces fringues !

Daniela abandonna la raideur de Lady Di pour prendre son attitude préférée, celle d'une Boy George dégingandée.

— Pour l'amour du ciel, tiens-toi droite !

Daniela obéit.

En pleine campagne, un petit château comique et resplendissant dominait le paysage. La Mère poule Régente redressa soudain le buste, un château reste un château, *quand même**! fût-il de sable. Un majordome en livrée noire les annonça. Présentations. Elle était l'aînée, la fille adorée. Ils avaient eu un garçon, mais il était mort dans un accident tragique, visage contrit de la mère, une bouffée de haine quelques secondes après. La mort d'un enfant est quelque chose de terrible. Comme toutes les morts. Daniela ne voulait pas qu'on prononce ce mot. Elle eut un haut-le-cœur, comme ce jour-là. Son frère sur la balançoire, qui se propulsait à toute vitesse.

"Plus fort, Dany, pousse-moi encore plus fort !" Elle avait tellement poussé qu'elle en avait eu mal au ventre. Un tel effort ! Elle frissonna en entendant les craquements des chaînes qui se détachaient, et son frère disparut entre les immeubles, dans le vide.

Présentations. Elle entendait toujours les noms de travers, ne faisait attention qu'aux poignées de mains ou aux trois bises sur les joues. Elle était belle, chuchotaient les gens. Attention ! Leur fille préférait qu'on la complimente pour son intelligence. Très sage de sa part, la beauté était la moins durable des vertus. Tout dépendait du genre de beauté dont on parlait. Elle lisait beaucoup. Elle avait aussi une passion pour la grande musique, vous voulez dire la "musique classique" ? C'est cela, elle appréciait la bonne musique en général, bafouilla le père, se rendant compte de sa gaffe. Elle avait un seul défaut, enfin deux : elle n'était pas casanière ; jamais à la maison, elle passait sa vie dans les musées, au cinéma, au théâtre ; et puis ils lui avaient offert le meilleur livre de cuisine internationale, mais elle restait une cuisinière déplorable. Daniela avait l'impression d'être une marchandise que son père essayait de fourguer à ses collègues, un produit typiquement cubain, comme le tabac ou la décontraction. Mains pâles, rougeaudes, mains huileuses ou parfumées. Applaudissements de joues contre joues. Personne n'osait – cela ne se faisait pas – coller ses lèvres sur la peau de l'autre. Avait-elle déjà skié ? Neigeait-il à Cuba ? Evidemment ! Pardon, je veux dire, il ne neige jamais à Cuba, Cuba est un éternel été, laissez-vous tenter, mais sa fille avait déjà skié, à Superbesse, près de Grenoble. Le problème, c'est qu'elle saignait toujours du nez.

Pour un simple déjeuner, il y avait foule. Pas de musique, puisque ce n'était pas une fête ordinaire. C'était un événement mondain, un exercice diplomatique de démocratie, une réception de bienvenue en bonne et due forme. Elle était accueillie par les représentants de tous les pays de cette petite bille qu'était le monde, sauf ceux du camp ennemi : les impérialistes yankees, les méchants de l'histoire. Il y avait là des socialistes, des demi-socialistes et des ex-socialistes, des révolutionnaires, ou plutôt des progressistes, des bons et des méchants capitalistes, d'odieux capitalistes – le fascisme était sans doute tapi dans un coin, en train de grignoter des voix. La gauche de droite et la droite de gauche, la moitié d'un communiste…, des intellectuels – ils ne pouvaient pas manquer ! –, des peintres, des journalistes, des footballeurs, enfin, toute la troupe de bouffons au complet… et… et… il y avait même des voleurs ! Il était là, lui aussi. En attendant qu'on le présente, il s'amusait joliment devant la façade restaurée de Daniela, ses yeux étaient rouges à force de se retenir de rigoler. Cynique. La caméra balayait la pièce et s'arrêtait sur la fille.

— Mademoiselle, je vous présente l'écrivain italien Alberto Moravia.

— Qu'est-ce que je fais ici, où il n'y a rien de grand à faire ? se demanda le maître Moravia en citant le poète cubain tuberculeux.

Daniela s'agenouilla dans un geste de profond respect. *Le petit** Alberto était grand, du moins le croyait-elle. Il s'appuyait sur une canne, plus par coquetterie que par nécessité médicale. Il posa la main sur l'épaule jeune et tiède, et pria la jeune fille de se lever. On susurra à l'oreille de Daniela qu'elle ferait bien de se méfier de lui : il était coureur et avait un sale caractère. Cependant, le petit Alberto lui adressa un sourire aimable, presque passionné, et la regarda droit dans les yeux. Il portait une chemise à larges rayures rouges et blanches, un costume bleu de Prusse. Il avait une peau de nouveau-né. Sa chevelure était entièrement blanche.

— Maître, j'ai lu tous vos livres.

— J'espère que vous continuerez à me lire, jeune fille, dit-il avec un petit rire malicieux.

— Mesdames et messieurs, mesdemoiselles… commença l'amphitryon. Bienvenus à ce déjeuner, donné en hommage au grand écrivain Alberto Moravia.

Daniela pensa à la vitesse de l'éclair : encore un stratagème de ses parents pour l'attirer dans ce déjeuner, en lui assurant qu'elle était la principale invitée, mais elle ne regrettait pas d'être venue car le petit grand Alberto était à côté d'elle et le baron Mauve derrière.

— … Nous avons aussi l'immense plaisir de souhaiter la bienvenue, poursuivit l'amphitryon, à Mlle Daniela… (nom au complet)… la fille de M. et Mme les ambassadeurs… (le poids et l'âge du capitaine).

Le petit Alberto la prit par le coude et la pria de venir s'asseoir sur le canapé en cuir noir, au passage il lui frôla un sein et murmura qu'il détestait les femmes sanglées de cuir. Daniela fouilla dans sa mémoire et fit remarquer que l'un des personnages féminins de *L'homme qui regarde* était toujours engoncé dans du cuir. Il fit la sourde oreille et lui demanda son âge. Sans lui laisser le temps de répondre, il raconta qu'il était marié à une Navarraise beaucoup plus jeune que lui. Quand il eut fini de parler, Daniela avoua son âge. Il ne comprit pas pourquoi elle prononçait ce nombre, il avait oublié le point de départ de sa tirade.

— Vingt-trois quoi ?

— Vingt-trois ans.

— Ah oui, c'est vrai ! Savez-vous qu'il y a des années, j'ai visité votre pays ? Oui… Du temps de la Tricontinentale. J'ai été très mal reçu. Ils ne m'auront pas deux fois !

— Daniela, Daniela… Excusez-moi, maître Moravia. Viens, ma fille, que je te présente l'écrivain grec Vassilis Vassilikos, l'auteur de *Z*, le célèbre roman. Tu as vu le film, tu sais !

— J'ai aussi lu le livre, papa.

— Mademoiselle, pourquoi portez-vous un Z autour du cou ? demanda Vassilikos.

— Parce que c'est la dernière lettre de l'alphabet, celle que je préfère, et parce que j'aurais aimé avoir un prénom qui commence par un Z… J'ai des relations très particulières avec les lettres et les prénoms.

Daniela inventa toutes ces sottises pour cacher la vérité : c'était un cadeau de son ancien amant, ennemi politique de son père, l'ambassadeur américain. Le Z était en fait un N renversé, initiale du prénom de son ex-amant. Le petit Alberto sanctionna le mensonge d'un petit sourire espiègle et but unc gorgée de vin.

— On aurait pu vous prénommer Zaïda, Zoraya, ou pourquoi pas Zoé… La vie, fit observer Vassilis Vassilikos.

— J'en aurais été ravie.

— Vous ne buvez rien, s'étonna le petit Alberto.

— Si, du vin rouge.

Une grande dame coiffée d'un turban des années vingt accapara l'écrivain italien et installa son auguste personne à côté de lui.

L'écrivain grec décida d'aller chercher du vin pour la demoiselle, mais d'autres invités l'interpellèrent en chemin.

La dame au turban ne lâchait plus son Moravia :

— Cher maître… je voudrais vous faire partager plusieurs secrets…

Ils se mirent à chuchoter avec malice.

Livrée à son triste sort, Daniela avait du mal à respirer. Tout ce qu'elle portait la gênait : la laine vierge, la soie et les passions. Une main adorablement connue lui tendit un verre rempli de vin rouge. Elle sut que c'était lui sans avoir besoin de le regarder. Il lui saisit le poignet, comme s'il allait esquisser avec elle la danse des Apaches. Elle fit un petit geste de refus, il insista, persuadé qu'elle désirait s'enfuir.

Ils s'isolèrent dans un salon où les murs étaient en pierre et les colonnes en bois. Personne ne les avait présentés l'un à l'autre, mais ils se connaissaient. Personne ne les présenterait. Le bruit courait, un super-ragot, que cet individu était indésirable dans cet endroit. Il était néfaste d'avoir chez soi un parasite de son rang. Personne ne pouvait le montrer du doigt, personne ne pouvait le prier de partir. Ce n'était pas un déjeuner de la *noblesse**, mais un déjeuner démocratique, il était pourtant très élitiste dans son genre. Un genre qui commençait à être à la mode, mais il était inconcevable que des diplomates cèdent à la mode. Ils s'habillaient tous pareil : pantalon gris, blazer bleu marine et, selon le teint de la peau, boutons dorés ou argentés. Mais cela aussi, c'était la mode. La politique était une autre affaire, messieurs. Ne pas mélanger les torchons et les serviettes. La mode était éphémère. Pas à Paris, le berceau de la fine fleur de la mode, bref, du design. Un jour, les Japonais liquideraient tout cela, personne n'ignorait que ce seraient les Japonais. Il fallait baisser d'un ton, M. l'ambassadeur du Japon était dans les parages. Les Yankees, quant à eux, ne comprenaient rien à ce qui est pur, ils étaient perdus, eux aussi. Ils avaient déjà envoyé dans les choux le raffinement, la classe. D'accord, les gringos étaient de gros jobards. Lâcher des bombes, c'était une affaire de gros jobards ? D'accord. Pourtant, franchement, les Japonais avaient de la classe. D'accord. Il était en tout cas impardonnable que le personnage en question, le prince mendiant, se soit invité tout seul, étalant ses audaces ancestrales, clouant le bec à l'amphitryon.

Dans l'immense salon de pierres couleur vert Pompéi, les hors-contexte entamèrent un dialogue à la Resnais.

— Comment as-tu appris que je voulais du vin rouge ?

— Je l'ai lu sur tes lèvres, quand tu parlais à M. Vassilikos.

— Je n'y comprends rien, Maurice.

— Il n'y a rien à comprendre.

— Qui es-tu, à part un voleur et le *baron Mauve* ?

— Tais-toi ! Tu es la seule au courant.

— Je sais bien que je suis la seule au courant.

— Tu as besoin d'en savoir plus ?

— Je suis la fille d'un ambassadeur.

Les filles d'ambassadeur étaient toutes des prétentieuses, elles croyaient que l'avenir était entre leurs mains, sans se douter à quel point la notion d'avenir était éphémère dans la vie d'un ambassadeur socialiste. Aujourd'hui, ambassadeur ; demain, peut-être fossoyeur.

Il éclata de rire. Il avait du mal à croire qu'elle était la fille d'un ambassadeur. Elle n'avait rien à voir avec ce monde-là. Elle oubliait qu'elle était la fille de l'ambassadeur d'un pays en disgrâce, pauvre, solitaire "socialiste" par surcroît. Elle avait plutôt l'air d'une rockeuse ou d'une trapéziste. Daniela se mit à trembler, à faire la feuille d'automne ou la fille atteinte d'hyperthyroïdie. Elle reçut un signal de l'au-delà, une petite sensation de froid dans le pancréas. Il existait entre elle et lui un appétit virginal. Elle avait besoin de tomber amoureuse, de se marier, de changer de nationalité. Peut-être avec lui, peut-être pas. Elle avait néanmoins reçu des signaux inexplicables. Elle ne pouvait décrire ce tressaillement du nerf sympathique qui lui glaçait le pubis, lui embrasait les oreilles et la nuque. Elle avait envie de lui mordre les lèvres. Elle avait envie de lui demander de se raser la moustache, mais il se trouvait que la moustache lui allait bien, disons qu'elle le rendait plus intéressant, mais elle voulait le lui demander comme un gage d'amour. Elle se rendit compte que ses sentiments allaient trop vite, et elle s'empressa de se blottir dans ses bras. Il l'écarta doucement. Il savait qu'il était dangereux qu'on les voie collés l'un à l'autre, il regarda de tous côtés ; heureusement, personne ne s'était rendu compte de rien. Elle n'était pas folle, elle voulait seulement l'aimer tout de suite. Et qu'il l'aime dans un délire de boléro. Et qu'il le lui dise. Et troquer la maison paternelle contre la sienne. Et troquer sa fichue nationalité. Impossible. De toute façon, elle n'exigerait absolument rien de lui. Elle l'aimerait sans ménagements, autrement dit : ça déménagerait entre eux.

— Ce soir, à huit heures et demie, place Saint-Michel.

— Non. (Dégagé.)

— Si. (Engagé, comme peut l'être un “si”.)

Un point c'est tout. Sans la moindre hésitation.

Il partit avant qu'on ait appelé *à table** ! Une table gigantesque avait été dressée, sur laquelle on aurait pu danser somptueusement *Le Lac des cygnes*. Mesdames et messieurs, à table ! Il s'esquiva rapidement, mais sans réussir à passer inaperçu. Daniela défaillait de faim, après une grande frousse elle avait toujours une envie furieuse de manger, de mâcher, d'avaler comme une sauvage. Elle devait être raffinée, tenir ses couverts avec délicatesse, ne pas se jeter sur le pain, se retenir, ne pas parler la bouche pleine. Parler quand même. Ne pas se servir de trop grosses portions. Bref, se coller des ballonnements et se détraquer l'estomac. L'après-midi s'écoula sans événement majeur. Le petit Alberto fila dès qu'il put. Vassilis Vassilikos était assis sur la terrasse et lisait, bleu de froid.

De retour à la maison, sa mère pérora jusqu'à la jouissance – l'orgasme du siècle – sur l'application avec laquelle sa fille avait soutenu leur travail, représentant magistralement la politique extérieure de leur pays. Elle déversait des flots d'orgueil *fin de siècle**. Comme il fallait.

Daniela recourut au mensonge pour être autorisée à sortir, rien de bien sorcier : il se trouvait qu'elle avait un billet de théâtre (elle avait d'abord cherché dans *Pariscope* le titre d'une pièce connue). Tant qu'il s'agirait d'appétits culturels, elle pourrait sortir le soir sans problème. Ils étaient convaincus qu'il fallait lâcher du lest, la laisser aller à son aise, car lorsqu'on l'avait obligée à rester enfermée un mois entier, elle s'était rebellée en disparaissant pendant trois jours. Le psychanalyste avait conseillé de lâcher la bride. Cela se passait à Londres. La police l'avait retrouvée ivre morte, dans le repaire d'une secte anticommuniste qui se faisait appeler la Main de Fatima. Daniela promit de rentrer avant minuit. Elle reprit son ancien look. Elle refusa de manger : pas envie. Alors, le chauffeur devrait l'accompagner. Très bien, pour cent francs, n'importe quel chauffeur portugais la déposerait devant la bouche de métro la plus proche, sans plus se soucier d'elle ni d'un éventuel accident. Pour rentrer, elle passerait un coup de fil et son père irait la chercher, sans faute, là où elle le lui demanderait. Au bout du monde. Son mensonge avait remporté un succès complet.

Place Saint-Michel, une poignée de motards buvaient un coup ensemble malgré la rigueur de l’hiver, en été ils venaient par grappes. Ce soir-là, seuls les plus hardis, les plus résistants étaient au rendez-vous, ceux qui avaient sûrement, comme le chante Edith Piaf, une petite amie du nom de Marilou. Pas l’ombre d’une limousine dans les parages. L’un des types la transperça du regard. Il fit démarrer sa moto d’un coup de talon, passa près d’elle à plein pot, lui écrasant presque les pieds, fit demi-tour et, comme dans les films avec Matt Dillon et Mickey Rourke, il l’arracha au trottoir en la ceinturant d’un bras qu’elle imagina couvert de tatouages, la mit adroitement à califourchon sur le coussinet arrière et repartit. Pas un instant il n’avait perdu l’équilibre. Comme s’il avait arraché une plume à une pie. Décidément, ces derniers temps, son thème astral tournait autour des fous, des voleurs, des suicidaires. Le gros dur s’assura qu’elle s’appelait bien Daniela. Il prit alors les quais de la Seine à fond de train, Hermès lui-même ne lui arrivait pas à la cheville. Le chauffe-bitume freina et, comme s’il arrachait encore une plume de pie, il la balança devant un escalier, au bord du fleuve. Une petite péniche qui tenait plus de la maison flottante que d’une embarcation marine l’attendait, car elle était sûre d’avoir entendu le voleur l’appeler par son prénom. Daniela était d'une curiosité maladive. L'intérieur du bateau rappelait une salle du Louvre.

— Pardonne-moi de ne pas être allé te chercher moi-même, mais je préparais le coup de cette nuit. Ça ne sera pas une mince affaire. Une des maisons les mieux surveillées, en plein cœur de la ville. Comme tu peux l'imaginer, son propriétaire est un personnage très en vue.

— Une minute. Où veux-tu en venir ?

— Je veux que tu m'accompagnes.

Daniela s'évanouit. Non pas à cause de ce qu'elle venait d'entendre, mais parce qu'un peu plus loin, encastrée dans une vitrine Empire d'époque, serpentait l'image saturée de couleurs d'une Sony Trinitron. Le bord d'un verre de cognac caressa la fossette qu'elle avait au-dessus de la lèvre.

— Eteins-le, s'il te plaît. Ça me retourne l'estomac, éteins-le.

Maurice courut jusqu'au téléviseur, arracha la prise, souleva l'appareil et le jeta dans l'eau toujours songeuse de la rivière.

— J'ai dit mille fois de ne pas poser ces engins diaboliques sur une beauté antique ! Qui a osé ? Qui ? Je pose une question !

Une toute petite voix embarrassée sortit d'un mur :

— Pardon, monsieur, je voulais voir le match, et comme ça faisait des mois que vous n'étiez pas venu…

— Même si je ne reviens jamais, je vous l'interdis !

Une fois certain que sa colère serait suivie d'effet, il s'adressa à la jeune femme :

— Tu m'as l'air d'une fille bien hystérique, je ne comprends pas ta réaction.

— Moi non plus. Les téléviseurs me rendent malade, je m'évanouis, je ne les supporte pas.

Une fois remise, elle ajouta :

— Ecoute, Maurice, je ne peux pas participer à un cambriolage avec toi… c'est de la folie…

— Ce n'est pas un cambriolage, c'est une leçon de bon goût, tu verras. Pourquoi commences-tu toujours par dire non ? Je vais finir par croire que lorsque tu dis non cela veut dire oui. Et quand tu dis oui, faut-il comprendre le contraire ?

— Je ne sais pas, c'est sans doute à cause de la double morale… Je peux te poser une question ?

— Autant que tu veux, mais au lieu de la vérité, tu risques d'avoir la réponse que j'aurai envie de te donner.

— La vérité ne dépend pas de la façon dont elle est dite, mais de la façon dont elle est interprétée. Dis-moi, crois-tu pouvoir m'aimer assez fort pour que je me débarrasse de la terrible présence de la mort, de la finitude ?

— Je préfère t'entendre parler en Cubaine que tu es plutôt que de te voir jouer les Marguerite Yourcenar. Je ne sais pas si je pourrai t'aimer ainsi. La mort sera toujours là… Voilà pourquoi la vie est ce qu'elle est… *c'est tout**.

— Tant pis. Mais à ton avis, pourras-tu accepter que je t'aime sans penser à rien d'autre qu'à l'amour, sans passé ni avenir ? Je veux vivre avec toi.

— Je crois que nous sommes arrivés. Dépêchons-nous, nous allons tout rater, répondit Maurice en ramenant la conversation sur ses propres plans.

C'était vrai, ils avaient navigué sur la Seine, pas longtemps, mais ils avaient parcouru un bout de chemin sans que Daniela s'en rende compte. Il passa dans la cabine voisine. Daniela entendit des voix. Il réglait les derniers détails : limousine, camion, meubles, fleurs, avionnette, bateau – ces termes furent martelés à l'infini, puis on donna un ordre et on conclut par un mot inexplicable, incongru : monarchie. Quel rapport avec la choucroute ?

On passa ensuite à l'action : des sauts, des courses, la limousine.

A bord de la luxueuse voiture, il l'embrassa sans passion, sa langue lui chatouilla le palais. Il lui mordit tendrement le menton, posa un sourire espiègle sur ses lèvres, l'embrassa encore, les yeux grands ouverts. Daniela sentit sa vue se brouiller. La voiture s'arrêta sur les Champs-Elysées. Il l'embrassa à nouveau, en louchant, devant la porte d'un immeuble bourgeois. Les portes s'ouvrirent automatiquement, actionnées par une télécommande qu'il tenait à la main. Une enfilade de salons bourgeois, bourgeois jusqu'à la moelle. Un peu plus tard, d'autres hommes surgirent derrière eux et commencèrent à vider les murs et le sol de l'appartement, ne laissant pas même un poil du chat empaillé posé sur le buffet Louis XV. Daniela se bornait à murmurer :

— Oh, mon Dieu ! On n'en réchappera pas vivants !

L'appartement fut transformé en squelette, ou pire encore : en embryon, en fœtus. Il reconnut qu'elle avait raison, c'était terriblement risqué. Oui, ils allaient maintenant accomplir le vrai tour de force, ils transformeraient le fœtus en nouveau-né, en authentique bambin de haut lignage. L'équipe de voleurs revint, apparemment avec les mêmes bibelots, tableaux, sculptures, vases, meubles, fleurs parfumées qu'ils avaient emportés. Les tapis étaient un peu plus râpés, mais ils ne présentaient aucun défaut… A noter que le nouveau chat était vivant, et miaulait.

— Qu'est-ce que c'est que cette histoire de dingue ? Ah, j'ai compris ! Tu prends les originaux et tu mets des faux à la place.

— Le contraire, ma chère. Ce riche imbécile ne possédait que des imitations, des copies de Modigliani, de Renoir, de Gallé, de Monet, et même des copies de copies ! Je remodèle sa vie. Comment peut-on vivre avec un chat empaillé ? C'est le comble du mauvais goût !

— Mais Maurice, il ne le saura jamais, il ne se rendra pas compte qu'il a chez lui les originaux… Et puis, comment as-tu fait pour les avoir ?

— Lui ne le saura pas, mais moi si. Ça me suffit. Quant aux œuvres, je les obtiens grâce au pouvoir. Le pouvoir peut tout. Rien n'est laissé au hasard : les pièces authentiques retournent à leur place au bout d'un mois, après que l'imbécile a vécu un mois en leur compagnie.

— Et le chat ?

— Il contribue à épaissir le mystère. N'est-ce pas délicieux ?

— Combien tu me paies pour que je te croie ?

— Je pourrais t'aimer avec toute la force de l'univers, de sorte que tu puisses effacer la présence constante de la mort, de la finitude, dit-il dans un rire démentiel.

Il lui fallut deux heures pour mener à bien l'opération. En apparence, la maison était dans l'état où ils l'avaient trouvée, si ce n'est que l'atmosphère avait changé. Les odeurs étaient devenues beaucoup plus lentes, on sentait l'épaisseur, la dimension réelle de l'ancienneté, les couleurs avaient gagné en finesse ce qu'elles avaient perdu en netteté. De chaque recoin de l'appartement émanait de l'aristocratie au sens grec du terme. Daniela entra quelques secondes dans la peau d'une princesse enchantée ou d'un personnage shakespearien. L'avionnette les attendait sur le toit. Ils enfilèrent leurs masques et décollèrent, diaboliques dans leurs habits noirs.

— Qu'est-ce que tu fais des vigiles ?

— Rien de mal. Pendant tout ce temps, ils dorment paisiblement. Mais je ne m'occupe pas personnellement de ces vétilles.

— Qui es-tu ? Pourquoi fais-tu cela ? Tu dois t'ennuyer à mourir, et être quelqu'un de très important.

— Je suis le plus grand voleur qui ait jamais existé sur la surface de la Terre. C'est ce siècle qui m'a conduit à commettre ces horreurs, bien qu'elles partent d'une bonne intention. J'y suis poussé par mes origines.

Peut-être rêvait-elle. Que devenaient ses amis ? Etaient-ils en train de jouer au poker ou au Monopoly dans la chaleur de La Havane ? Tout le monde s'ennuyait, ces derniers temps ; il y avait tant de choses à faire, et les gens choisissaient de s'ennuyer. Elle était la première à s'ennuyer. La plus inerte.

Ils survolèrent l'Arc de Triomphe pour la deuxième fois, les humains les montraient du doigt, les uns avec le sourire, les autres terrorisés. Quand ils arrivèrent devant la vieille villa de banlieue, une autre limousine les attendait. L'avionnette fut vite camouflée. Daniela avait hâte d'être emmenée dans le lit de violettes. Mais il l'obligea à monter dans la voiture. Il avait besoin d'être seul pour réfléchir, pour méditer sur son arbre généalogique. Cela amusa beaucoup Daniela qui l'embrassa goulûment. Elle se carra dans son siège et le véhicule partit en flottant comme un tapis volant. A minuit tapant, elle était de retour au siège familial. Les ambassadeurs parentaux rêvaient de leur prochaine mission dans un pays un peu plus ensoleillé, peut-être l'Espagne, la mère rêvait qu'elle donnait une réception où Sara Montiel venait chanter le répertoire du film *La Reine du Chantecler*. Daniela eut une insomnie, elle eut des haut-le-cœur alors qu'elle avait le ventre vide – mauvais signe. Un goût de métal remontait comme si une lame de rasoir Astra était en train de rouiller dans son ventre. L'Union soviétique n'existait plus, mais à Cuba, le carnet de rationnement permettait encore de se procurer ces lames de rasoir soviétiques qui mordaient au lieu de raser. On avait droit à une par homme, et les pères de famille passaient leur temps à s'exclamer devant leur miroir, en se charcutant le visage : *Astra*gique ! Daniela se souvint qu'elle avait toujours rêvé d'être aviatrice. Elle partit à tâtons à la recherche du bar, et finit par le trouver. Les bars sont toujours au même endroit chez les diplomates : près de la cheminée. Elle s'empara d'une bouteille et but au goulot. Cutty Sark… bienvenu à bord, au bord du châtiment. Elle siffla jusqu'à la dernière goutte de whisky et se laissa tomber comme morte sur le canapé doré.

Le lendemain matin, Daniela se réveilla dans son lit. Comme d'habitude, son père l'y avait transportée avant que sa mère ne la découvre dans cet état. La sonnerie du téléphone la réveilla en sursaut. Ce ne pouvait être que la Reine Régente, elle laissait toujours sonner pendant des heures.

— Allô.

— Alors ! Tu te réveilles ou quoi ? Ne la ramène pas trop, tes cours commencent en septembre mais tu peux t'y mettre tout de suite ! Pourquoi tu ne viens pas au bureau nous donner un coup de main de temps en temps ?

— Parce que je vais dans les musées. Et parce que je refuse le bénévolat, il faut me payer, et vous, vous ne payez pas. Je dois aussi aller à la bibliothèque. Tu veux que je prépare mon entrée à l'université, n'est-ce pas ?

— Tu as déjà visité tous les musées de la Terre je ne sais combien de fois !

— Ça te dérange, que je me cultive ? Comment va mon père ?

— Il se fait beaucoup de souci à cause de cette histoire d'espionnage, et de ce petit baron Mauve, et il est très remonté contre toi. Il m'a demandé de t'appeler : on a des déjeuners toute cette semaine et on rentrera tard, il y a un travail fou, ici.

— Ah, oui ? Quel genre ?

— En ce moment ? Eh bien… humm… je découpe des articles importants dans la presse.

— Je vois, tu continues à jouer aux découpages. Ne vous inquiétez pas pour moi. Embrasse mon père de ma part.

— Mal élevée ! Et moi, tu ne m'embrasses pas ?

— Smac ! C'est le bisou de l'année, ne le gâche pas.

Enfin seule. Elle se lava, s'habilla et sortit sans prendre de petit déjeuner. Elle traversa des tunnels, des ponts et des avenues en courant, jusqu'à chez Marcela. Elle adorait être seule dans un appartement, elle avait l'impression d'être moins sous-développée, et cet endroit était un petit paradis : salon et salle à manger jonchés de coussins, meubles suédois bon marché. Trois chambres : celle des invités, celle de la maîtresse de maison et une autre transformée en laboratoire photo. Grande cuisine bien rangée. Deux salles de bains, balcons minuscules et petites fenêtres gothiques avec des jardinières fleuries, parquet dans toutes les pièces. Marcela et Daniela détestaient la moquette. Des photos et des posters un peu partout. Un petit drapeau cubain se fanait sur une hampe.

La gardienne glissa une carte postale sous la porte : “Chère amie, avant de partir je te poste mon cœur, n'oublie pas que je serai bientôt près de toi. Est-ce que tu as chié le diamant ?

Bisous, Marcela." Pendant qu'elle lisait, le téléphone se mit à sonner. Elle entendit le message du répondeur, d'abord en français puis en espagnol : "Vous êtes chez Marcela Roch. Je me suis absentée pour quelques jours. Veuillez laisser votre nom, votre numéro de téléphone ainsi que votre message après le signal sonore, biiiiiip."

— Daniela, c'est Maurice, je sais que tu es là. J'arrive.

La jeune femme se précipita sur le téléphone. Quand elle décrocha, il était déjà sorti de la cabine située à quelques mètres de l'immeuble. Il acheta un bouquet de roses jaunes et alla tout droit vers le quai des Grands-Augustins. Il pleuvait. Les *bouquinistes** de la Seine avaient refermé leurs casiers, mais les affiches de Mucha et les vieux plans de Paris n'en furent pas moins trempés. Elle eut tout juste le temps d'aller du téléphone à la lucarne de style médiéval. Le spectacle de la pluie tombant sur la Seine lui donna le cafard, c'était différent quand il pleuvait sur le Malecón argenté. La sonnerie retentit avec avidité. Il souriait en grand angle, déformé par l'œil-de-bœuf. Quand elle ouvrit la porte, il planta un genou à terre en pressant les roses contre sa poitrine – pose de chevalier amoureux. Rires. A l'intérieur, il n'inspecta même pas les lieux. Il fit comme chez lui, enfila le bouquet dans le premier vase qu'il trouva. Daniela emporta celui-ci à la cuisine et le remplit d'eau. Elle y ajouta une aspirine, prit un couteau à pain dans le genre de ceux que Gabin utilise dans ses films, coupa les tiges en biais et disposa soigneusement les fleurs à l'intérieur du récipient florentin, donc anachronique.

Il lui caressa d'abord la joue du dos de la main, tendrement. Elle avait peur des caresses, ses yeux s'emplirent de larmes. Blottie contre la poitrine de l'homme, elle accumula de la salive, elle avait honte de faire du bruit en avalant. Il avança les hanches, il bandait tellement qu'en se mettant sur la pointe des pieds il aurait pu appuyer sur la sonnette avec sa queue. Il la déshabilla et se déshabilla à son tour. Quatre tétons hérissés : deux petits roses qui pointaient au milieu d'un bosquet de poils blonds, contre deux tétons laiteux et pointus, perchés sur des collines nacrées. Ils s'allongèrent. Elle ouvrit la bouche et la salive qu'elle avait gardée coula sur le dolmen phallique. Il embrassa plusieurs fois les fonts baptismaux, les chatouilla du bout de la langue comme s'il voulait attraper la langue d'un chat en train de bâiller. Il observa et écarta à deux mains ce qu'on appelait à Paris un vase vénusien et à La

Havane une motte, une figue, une moule, etc., puis il l'embrassa à pleine bouche. La tête de l'oiseau, pour tout dire, le braquemart, palpitait sur les amygdales femelles, une sangle de rouge à lèvres emprisonna les bourses – dans le franc-parler, les couilles – de l'oiseau palpitant. Elle se répandit, il se retint dans un accès de défi. Elle goûta les effluves de son propre coquillage sur le menton de l'homme. L'oiseau succomba dans le nid et les ongles se plantèrent dans les fesses musclées. Au moment où le bec cracha le diamant, des rayons fluorescents envahirent la pièce.

Vivre dangereusement. Vivre amoureusement. Les fameux vols nocturnes se poursuivirent. Ils dévalisaient des maisons inauthentiques et les redécoraient avec des originaux. Un mois plus tard, jour pour jour, ils faisaient l'échange inverse. Daniela connaissait de mieux en mieux les différents styles, devinait des signatures de maîtres d'un simple coup d'œil. Une nuit, ils enlevèrent une à une les colonnes Buren et les plantèrent sur l'esplanade des Invalides. Avant l'aube, ils les avaient remises à leur place. Une autre fois ils remplacèrent les copies de la station Varennes par des œuvres véritables, amenant le Balzac du métro dans le jardin du musée Rodin, et celui du jardin sur le quai. Les

Japonais n'y virent que du feu et continuèrent à prendre des photos ; ce qui comptait pour eux, c'était le Balzac, vrai ou faux, ils s'en fichaient, c'était juste pour la photo, pour prouver qu'ils avaient approché un Rodin, à Paris.

Daniela idéalisa jusqu'à l'extase l'amour frénétique de Camille Claudel pour son amant sculpteur. Le baron Mauve devenait de plus en plus célèbre et énigmatique, les médias s'arrachaient les cheveux devant ses mystérieuses voltiges au-dessus de la ville. Pourtant, personne ne fit grand cas des éclairs parisiens et du platonisme des putains de Saint-Denis : ils ne donnèrent lieu qu'à quelques entrefilets en bas de page.

Elle confondait amour et danger. Il lui rétorquait que c'était la même chose : un champ de bataille. Se regarder dans les yeux était comme de s'envoyer un missile. Elle n'était pas d'accord, l'amour devrait être éternellement pacifique. Et si l'éternité n'était que cette minute où elle contemplait les mains parfaites et adorables – peut-être trop – de cet homme ? Elle s'était aperçue que les histoires d'amour qu'elle avait lues dans les romans duraient le temps de la lecture. Elle commençait par dévorer les livres pour pouvoir se délecter du dénouement. Alors, elle préférait rester jusqu'à l'aube sur une même phrase, cela rendait toujours la fin plus inattendue.

Plus d'un mois s'était écoulé. Ils vivaient dans l'appartement de Marcela, dans le bateau-mouche, dans la froideur crépusculaire du jardin de violettes, dans les camions, les limousines, les maisons des victimes fortunées. Marcela s'était laissé embarquer dans une exposition de photos qui la retiendrait quinze jours de plus à Toulouse. Elle envoyait des cartes rigolotes, des photos et de la nostalgie derrière les jeux de lumière, une nostalgie venue tout droit de son île. M. et Mme les Ambassadeurs parentaux étaient fort aise de voir leur fille si studieuse, qui passait sa vie dans les musées, les cinémas, les théâtres, qui s'habillait correctement. Ils bavardaient interminablement au téléphone à propos des vastes perspectives du design des meubles viennois, de la haute couture française, des palais italiens, du vin, des fromages et de la philosophie allemande. Ils pouvaient désormais la montrer dans les réceptions en toute quiétude, elle avait atteint un niveau de raffinement spectaculaire, à toute épreuve.

Une fois de plus, elle perdit le sommeil, sans parler de l'appétit. Elle vivait d'amour et d'eau fraîche. Elle avait connu la grandeur d'embrasser son bien-aimé sur le pont Alexandre-III, piétons internationaux comme témoins. Elle exhibait avec éblouissement ce sentiment si généreux qu'est la tendresse. Beaucoup de gens se trompaient, prenant la tendresse pour la passion, le désir, la pitié. La tendresse était plus forte : ce tressaillement que l'on ressentait quand l'homme vous caressait, la crainte de le perdre et le courage d'affronter les doutes et les espoirs de salut. Elle jouissait de tout cela mais elle ne pouvait s'enlever de la tête cette île, ce pays si féminin, si seul.

— Je t'aime, chuchota-t-elle après un long moment de méditation.

— J'espère pouvoir t'aimer autant que tu m'aimes, ma princesse.

A Paris, on ne disait pas “ma mignonne” ou “ma petite poulette”, mais princesse, trésor, bijou et autres formes édulcorées de l'abondance. Tant de sincérité lui arracha des larmes et des gémissements.

— Je ne veux pas te mentir, on ne peut pas être sûr d'aimer au bout d'un mois et demi.

— Tu m'aimeras un jour ?

— Pour l'instant tu me plais, s'esquiva-t-il encore.

— Je n'exige rien de toi, mais je ne sais pas pourquoi j'ai cette fixation. Il vaut mieux que je cesse d'interroger l'avenir.

— C'est préférable, tu ne fais qu'anticiper la tragédie. Au début, tu voulais simplement vivre l'aventure. Ah, les femmes ! Il faut toujours que vous prophétisiez l'au-delà.

— Nous sommes une armée de sibylles.

Cette nuit-là, ils ne purent se retrouver. Il avait un travail urgent, aucun rapport avec les aventures et les plaisirs. Il s'agissait plutôt de tâches fastidieuses, vérifications, signatures et paperasseries. Elle, de son côté, devait accompagner ses géniteurs à la célébration de la fête nationale d'un pays quelconque. Depuis un mois et demi, elle n'avait assisté qu'à deux déjeuners et la Mère Diplomatique commençait à s'énerver. Pour la mère, la culture, c'était avant tout la vie sociale. Sans compter que Marcela rentrait le lendemain.

Le lendemain, de très bonne heure, son père lui apporta les journaux au lit en chantonnant. Il se sentait extrêmement soulagé car le baron Mauve était fini, disparu, foudroyé. On avait découvert un message totalement indéchiffrable peint à la bombe sur l'Arc de Triomphe. :

"Ma princesse, je dois mettre un terme à cette histoire, je dois partir. Je sais que pour ta part tu ne la termineras pas, ton aventure s'achèvera le jour de ta mort. Ne meurs pas.

Sois fidèle à ta vérité jusqu'au bout. Un baiser. Le baron Mauve."

Le père se vanta d'avoir son avis là-dessus, ce message se prêtait à une double interprétation romantique : l'amour du personnage pour Paris, ses survols de la ville n'étant que les hommages d'un amoureux ; à présent, il lui disait adieu en grande pompe. Dans ces pays-ci, il existait des névrosés de ce genre, quoi qu'il en soit il devait en informer son ministère par fax. Daniela n'écoutait pas.

Elle n'écouta plus. Les éventreurs continuaient à déchiqueter des poupées sur les terrasses. Ses copains apprirent à lancer les dés ou à vaincre l'adversaire aux échecs. L'amie en tenue d'été lui écrivit pour lui annoncer qu'elle avait enfin obtenu l'autorisation de quitter le pays. Son fiancé lui téléphona ; il avait détourné une ligne en dollars appartenant à l'hôtel espagnol qui venait d'être inauguré dans l'île. C'était absurde de maintenir cette liaison : ils ne s'étaient pas touchés depuis longtemps, ils ignoraient l'opinion qu'ils avaient l'un de l'autre. Il avait tout à fait raison.

Elle sortit de chez elle sans s'en rendre compte et se trouvait à présent dans le métro. Elle comprit que dans sa situation il était très facile d'exiger de la fidélité. Un jour, elle avait connu une femme atteinte de la maladie de l'exigence. Elle avait fini seule, désemparée, elle s'appelait *Femelle**. Daniela ne voulait pas tomber malade. Elle se moquait bien qu'on la montre du doigt parce qu'elle était une culottée, une aventurière, parce qu'elle s'écartait de la norme. Elle avait rencontré aussi une jeune veuve, personne ne s'était contenté de la voir souffrir devant la mort, on lui avait réclamé plus de larmes, plus de douleur ; elle était devenue schizophrène, elle éclatait de rire pour un oui ou pour un non, passait sa vie à danser, mais, au plus profond d'elle-même, sa douleur ne l'avait pas quittée. L'ennemi était à l'affût, la vie de ses parents n'avait pas d'autre sens. On lui raconta que l'ennemi avait voulu acheter son ami pianiste pour un demi-million de dollars. Un autre ami avait préféré partir à la guerre en Angola et se faire fusiller là-bas. Elle eut un deuxième vertige, le métro fondait sur elle. Elle était au bord du suicide. Il ne reviendrait pas. *Finie la tendresse**. Elle transpirait, ce mois-ci elle n'avait pas eu ses règles. Le train était tout près. Quel scandale diplomatique si elle sautait ! Marcela serait privée de pays, de points d'appui. Et si elle était enceinte ? Deux petits pas en arrière. En milieu de matinée, le métro était toujours vide. Dans le wagon, elle ne s'entendit pas, elle ne s'aperçut pas qu'elle parlait tout haut.

Il n'y avait aucun message sur le répondeur de son amie. Les roses pourries dans le vase trahissaient leur dernier rendez-vous. Deux jours plus tôt, il ne songeait pas à partir, mais qui sait ? Peut-être y avait-il toujours pensé. Daniela aurait voulu s'évanouir comme les femmes du temps jadis quand leur époux partait à la guerre. Elle eut une pensée grandiloquente : son destin était marqué par la mort et les adieux. Selon Novalis, les adieux étaient la "première sentence de mort". Elle pensait trop, si bien qu'elle était une catastrophe ambulante, elle avait besoin de s'évanouir, de prouver son amour par une pâmoison romantique garantie d'époque. Elle alluma la télévision. Maurice était dans l'appareil ! Il souriait d'un air caustique devant les flashes des photographes. Elle n'eut pas le moindre vertige. Maurice, plein de sarcasme, avait le regard fixé, non pas sur elle mais sur la caméra. Elle ne tomba pas, Daniela ne tomba pas raide par terre. Le téléviseur se mit à parler, technologie bavarde et agressive : "L'héritier du trône… le duc… (liste de ses noms et de ses titres) est parti ce matin pour Cuba où il fera un court séjour…"

Cependant, son père l'avait avertie que la télévision mentait. Sa Majesté était suivie d'une suite ou d'un cortège – comment disait-on dans ces cas-là ? Il se faisait tout petit, minuscule sur l'écran, comme le petit prince loin de sa fleur sur une planète absurde, hébété, schizoïde.

Daniela était bouleversée. Elle s'empara d'une bouteille de whisky et alla à la salle de bains. Anéantie, elle monta à califourchon sur le lavabo et poussa. Elle étudierait le phénomène de très près. Elle introduisit le majeur dans son sexe et poussa. Le premier caillot ressemblait à une tranche de foie, elle ne pourrait plus jamais manger des abats. Le deuxième était rouge vitrail et elle eut la sensation qu'il respirait. Le troisième lui fit mal et la brûla plus que les autres. Ses seins étaient lourds. Ce troisième caillot refusait de sortir, distendait l'utérus, jusqu'au moment où il finit par pointer tranquillement. Il était coincé et provoquait une douleur encore plus vive. Elle se pressa le bas-ventre, poussa encore en martelant ses genoux à coups de poing. Trempée de sueur, elle trifouilla ses entrailles à l'aide d'une aiguille à tricoter. L'ébauche d'un enfant sacrifié, un diamant fiché dans la gorge, flotta dans le marbre émaillé.

La serrure tourna. Trousseau de clés jeté sur la table. Grincement des roues de la valise

Louis Vuitton de Marcela. Va-et-vient de talons. Une voix qui prononçait son prénom. Petits coups frappés à la porte de la salle de bains.

— Daniela, tu es là ? Tu ne te sens pas bien ?

Elle ne voulait pas penser à l'hémorragie. Penser trop souvent au sang faisait d'elle une meurtrière en puissance. Elle répondit qu'elle était là, qu'elle allait prendre un bain. Personne ne devait savoir. Elle ouvrit le robinet sans regarder. Les lambeaux d'enfant disparurent dans le trou d'évacuation. L'eau brûlante de la douche ne lui faisait aucun bien, elle avait beaucoup de fièvre. Un jour, Marcela la prendrait en photo à Viñales, du fond de la baignoire, pourtant, immergée dans l'eau bouillante, Pétrone l'invitait à une fin tragique. Elle avait beaucoup de fièvre, se dit-elle à nouveau. Elle délirait. Risquer sa vie comme dans les films était beau et profond. Elle composa un poème pour une colombe blanche. Obbatalá était en elle, la colombe s'appelait Mercedes. Elle pensa à tous ces enfants noyés dans le remorqueur qui avait coulé en pleine mer. Cette fois elle mourait, mais si elle revenait à la vie elle ne retournerait jamais chez ses parents.

La Havane, Paris, 1995.

BABEL

Extrait du catalogue

259. RENÉ DESCARTES
La Recherche de la vérité

260. GEORGES-OLIVIER CHÂTEAUREYNAUD
Les Messagers

261. HENRY JAMES
Le Motif dans le tapis

262. JACQUES GAILLARD
Rome, le temps, les choses

263. ROBERT LOUIS STEVENSON
L'Etrange Affaire du Dr Jekyll et de Mr Hyde

264. MAURICE MAETERLINCK
La Mort de Tintagiles

265. FRANÇOISE DE GRUSON
La Clôture

266. JEAN-FRANÇOIS VILAR
C'est toujours les autres qui meurent

267. DAGORY
Maison qui pleure

268. BRAM STOKER
Dracula

269. DANIEL GUÉRIN
Front populaire, révolution manquée

270. MURIEL CERF
Le Diable vert

271. BAPSI SIDHWA
La Fiancée pakistanaise

272. JEAN-PIERRE VERHEGGEN
Le Degré Zorro de l'écriture

273. JOHN STEINBECK
Voyage avec Charley

274. NINA BERBEROVA
La Souveraine

275. JOSEPH PÉRIGOT
Le Dernier des grands romantiques

276. FRÉDÉRIC H. FAJARDIE
Gentil, Faty !

277. FÉDOR DOSTOÏEVSKI
L'Eternel Mari

278. COMTESSE DE SÉGUR
Les Malheurs de Sophie / Les Petites Filles modèles / Les Vacances

279. HENRY BAUCHAU
Diotime et les lions

280. ALICE FERNEY
L'Elégance des veuves

281. MICHÈLE LESBRE
Une simple chute

282. JEAN-PIERRE BASTID
La Tendresse du loup

283. ADRIEN DE GERLACHE DE GOMERY
Quinze mois dans l'Antarctique

284. MICHEL TREMBLAY
Des nouvelles d'Edouard

285. FRANZ KAFKA
La Métamorphose / La Sentence / Le Soutier et autres récits (vol. I)

286. JEAN-MICHEL RIBES
Monologues, bilogues, trilogues

287. JACQUES LEENHARDT / ROBERT PICHT
Au jardin des malentendus

288. GEORGES-OLIVIER CHÂTEAUREYNAUD
Le Kiosque et le tilleul

289. JACQUES DE VITRY
Vie de Marie d'Oignies

290. ELISABETH K. PORETSKI
Les Nôtres

291. ÉDOUARD AL-KHARRAT
Alexandrie, terre de safran

292. THOMAS HOBBES
De la nature humaine

293. MIKHAÏL BOULGAKOV
Récits autobiographiques

294. RUSSELL BANKS
De beaux lendemains

295. RENÉ GOSCINNY
Tous les visiteurs à terre

296. IBRAHIMA LY
Toiles d'araignées

297. FRANÇOIS PARTANT
La Fin du développement

298. HENRI HEINE
Mais qu'est-ce que la musique ?

299. JULES VERNE
Le Château des Carpathes

300. ALPHONSE DAUDET
Les Femmes d'artistes

301. FRÉDÉRIC JACQUES TEMPLE
Les Eaux mortes

302. FRIEDRICH NIETZSCHE
Vérité et mensonge au sens extra-moral

303. INTERNATIONALE DE L'IMAGINAIRE N° 8
Le Corps tabou

304. NANCY HUSTON
Instruments des ténèbres

305. FÉDOR DOSTOÏEVSKI
L'Adolescent (vol. 1)

306. FÉDOR DOSTOÏEVSKI
L'Adolescent (vol. 2)

307. GÉRARD DELTEIL
Schizo

308. DENON / EL-GABARTI
L'Expédition de Bonaparte en Egypte

309. JEAN-JACQUES ROUSSEAU / MADAME DE LA TOUR
Correspondance

310. MAN RAY
Autoportrait

311. ROBERT BELLERET
Léo Ferré, une vie d'artiste

312. MAXIME VUILLAUME
Mes cahiers rouges

313. HELLA S. HAASSE
Les Routes de l'imaginaire

314. JEAN-CLAUDE GRUMBERG
Dreyfus... / L'Atelier / Zone libre

315. DENIS DIDEROT
Pensées philosophiques

316. LUIS MARTIN-SANTOS
Les Demeures du silence

317. HUBERT NYSSEN
La Femme du botaniste

318. JEAN-FRANÇOIS VILAR
Bastille tango

319. SÉBASTIEN LAPAQUE
Les Barricades mystérieuses

320. ALAIN GHEERBRANT
La Transversale

321. THIERRY JONQUET
Du passé faisons table rase

322. CLAUDE PUJADE-RENAUD
La Nuit la neige

323. *
Mai 68 à l'usage des moins de vingt ans

324. FITZ-JAMES O'BRIEN
Qu'était-ce ?

325. ÉLISÉE RECLUS
Histoire d'une montagne

326. *
Dame Merveille et autres contes d'Egypte

327. ROMAN DE BAÏBARS / 1
Les Enfances de Baïbars

328. ROMAN DE BAÏBARS / 2
Fleur des Truands

329. ROMAN DE BAÏBARS / 3
Les Bas-Fonds du Caire

330. ROMAN DE BAÏBARS / 4
La Chevauchée des fils d'Ismaïl

331. JACQUES POULIN
Volkswagen Blues

332. MIRABEAU
Lettres écrites du donjon de Vincennes

333. CHEVALIER DE BOUFFLERS
Lettres d'Afrique à Mme de Sabran

334. FRANÇOISE MORVAN
Vie et mœurs des lutins bretons

335. FRÉDÉRIC VITOUX
Il me semble désormais que Roger est en Italie

336. JEAN-PIERRE NAUGRETTE
Le Crime étrange de Mr Hyde

337. NADAR
Quand j'étais photographe

338. NANCY HUSTON
Histoire d'Omaya

339. GÉRARD DE CORTANZE
Giuliana

340. GÉRARD GUÉGAN
Technicolor

341. CHARLES BERTIN
La Petite Dame en son jardin de Bruges

342. INTERNATIONALE DE L'IMAGINAIRE N° 9
Deux millénaires et après

343. NINA BERBEROVA
Le Livre du bonheur

344. PALDEN GYATSO
Le Feu sous la neige

345. FÉDOR DOSTOÏEVSKI
Le Double

346. FRÉDÉRIC H. FAJARDIE
Querelleur

347. ANNE SECRET
La Mort à Lubeck

348. RUSSELL BANKS
Trailerpark

COÉDITION ACTES SUD – LEMÉAC

Ouvrage réalisé
par les Ateliers graphiques Actes Sud.
Achevé d'imprimer
en septembre 1999
par l'Imprimerie Bussière
à Saint-Amand-Montrond (Cher)
sur papier des
Papeteries de Jeand'heurs
pour le compte
d'ACTES SUD
Le Méjan
Place Nina-Berberova
13200 Arles.

N° d'éditeur : 3097
Dépôt légal
1re édition : octobre 1998
N° impr. : 2171